KB051396

달리는 여자, 사람입니다

달리는 여자, 사람입니다
우리는 달릴 때마다 용감해진다

초판 1쇄 펴낸날 2021년 05월 31일

지은이   손민지
펴낸이   이건복
펴낸곳   도서출판 동녘

주간   곽종구
책임편집   박소연
편집   구형민 정경윤 강지유 김혜윤
마케팅   권지원 박세린
관리   서숙희 이주원

등록   제311-1980-01호 1980년 3월 25일
주소   (10881) 경기도 파주시 회동길 77-26
전화   영업 031-955-3000 편집 031-955-3005 전송 031-955-3009
블로그   www.dongnyok.com
페이스북   facebook.com/digeut.dn
인스타그램 instagram.com/digeut.dn
전자우편   editor@dongnyok.com
인쇄·제본   영신사
라미네이팅 북웨어
종이   한서지업사

씩씩한 '혼자'들의 독립생활 이야기, 디귿은 동녘의 에세이 브랜드입니다.

달리는 여자, 사람입니다

우리는 달릴 때마다 용감해진다

손민지

디글

차례

1부

달리는 여자(들)

2부

체력으로 하는 사랑

달리는 여자(들)

내 기분을 결정할 사람은 나여야만 한다

달리기를 시작하는 사람에게는 뭔가 벼랑 끝에 서 있는
듯한 위태로움과 절실함이 있는 것만 같다. 달리기는
운동의 한 종류고, 보통 운동의 목적은 건강 유지나 체
중 감량이지만 달리기는 왠지 '정신적인' 것과 더 관련
있어 보인다. 체중 감량을 위해 걷기나 퍼스널 트레이
닝을 시작했다는 이야기는 자연스럽지만, 이상하게 살
을 빼려고 달리기를 시작했다는 이야기가 내게는 조금
어색하게 들린다.

거친 숨을 내뱉으며 달리는 러너의 모습에서 어디론
가 도망치려는 듯한 절실함을 느끼기 때문일까. 자세한
사정을 알지는 못하지만, 내가 2년 차 러너가 될 무렵

그간의 기록을 독립출판물로 엮은 《러닝 일지 Pace》를 읽은 독자들의 후기가 그랬고, 고통스러운 짝사랑을 끝내기 위해 달리기를 시작했다는 동료 러너의 이야기가 그랬고, 처음 달리기 시작했을 때의 3년 전의 내가 그랬다. 만약 내가 충분히 행복한 상태였다면 달리기를 시작할 생각은 못했을 것이다. 어딘가에서 벗어나고 싶어서 달렸던 사람이 실은 나였다.

왜 하필 달리기였을까. 2017년 여름 당시 나는 심리적으로 궁지에 몰려 있었다. 다니던 회사의 계약 만료를 앞두고 정해지지 않은 거취로 인해 불안함이 컸다. 별다른 애정 없이 일해왔던 터라 일단은 쉬고 싶다는 마음도 있었지만, 30대에 아무런 계획이 없는 상태에서 '미래'가 몰려온다는 것은 공포였다.

설상가상으로 당시 만나던 남자 친구와도 헤어졌다. 이제껏 이별을 하면 회사고 뭐고 다 때려치우고 싶은 심정이었지만 이번에는 달랐다. 정말로 회사를 (타의로) 때려치우게 됐으니 어떻게 해야 할지 앞이 깜깜했다. 일이라도 있으면 꾸역꾸역 살아지겠지만 이번엔 더이상 완충 작용을 해줄 현실의 보호막 없이 이별의 후유증에 직격탄을 맞는 수밖에 없었다. 그때는 내 삶이 나를 완전히 발가벗겨 외딴 곳으로 쫓아낸 것만 같았다.

　방 안에 가만히 누워 휴대폰을 쥐고 있는 시간이 길어
졌다. 그렇게 멍하니 작은 화면 속만을 떠돌던 어느 날,
정확히 기억나지는 않지만 아마도 '무기력을 극복하는
방법' 같은 것을 검색해서 보던 중이리라 짐작한다. 그
때 '러너스 하이runners' high'라는 단어를 알게 됐다. 운동
중 분비되는 엔도르핀의 영향으로, 달리기가 일정 시간
이상 지속되면 기분이 좋아지고 달리는 게 전혀 힘들지
않게 느껴진다는 것이었다. 그 기분 때문에 러닝에 중
독되는 사람들도 많다고 했다. 기분이 좋아지는 방법이
있다니, 막연히 '이거다' 싶었다. 그러니까 상실감에 절
어 있던 내가 맨몸으로 '지금' '당장' 시작할 수 있는 것
은 달리기뿐이었다.

　돌이켜보면 주저앉은 사람이 마땅히 향해야 할 곳은
동네 트랙 위가 맞다. 그런 사람이 헬스장이나 요가원
을 찾아보고 등록하기는 힘들다. 새로운 것을 배우는
일은 에너지가 충분할 때나 가능하다. 어떤 종목을 시
작할지부터 학원의 접근성은 좋은지, 시설은 잘 갖춰져
있는지, 어떤 시간대를 선택할 것인지 등을 신경 쓰려
면 은근히 품이 많이 든다. 그래서 나는 곧장 동네 트랙
으로 향했다. 갈 곳 없는 저녁에 쉽게 갈 만한 곳. 가려
고 마음을 먹었다가도 가기 싫어진다면 가지 않아도 되

는 곳이었다. 마음이 한없이 변덕을 부려도 언제든 받아주는 곳이 동네 트랙이었다.

게다가 달리기는 배울 필요가 없었다. 처음에는 그런 가벼움에 끌렸다. 등록했으니 가야 한다는 조급함도, 돈을 썼으니 본전을 뽑아야 한다는 마음의 짐도 없었다. 동네를 달리는 일은 온전히 자발적인 일이었다. 아무것도 없이 맨몸으로 스스로를 일으켜보고 싶다는 절실한 마음으로 행하게 되는 일이었다. 나는 내 작은 방 안에서, 더 작은 휴대폰 화면 속에서 벗어날 필요가 있었다.

달리기의 가장 좋은 점은 달리는 동안 아무런 생각도 하지 않고 내 몸에 집중하게 된다는 것이었다. 단순하게 보일지라도, 달리는 동안 러너는 몸을 의식적으로 바쁘게 조절하고 있다. 턱을 너무 치켜들지는 않았는지, 상체가 기울지는 않았는지, 보폭은 적당한지, 마땅히 힘이 들어가야 할 부위에 힘이 들어가고 있는지 매 순간 신경 쓰는 중이다. 혹시 허리나 무릎에 통증이 느껴지지는 않는지, 통증이 느껴진다면 달리기를 멈춰야 할 정도인지도 잘 판단해야 한다. 내 몸의 근육 하나하나에 집중하고 있으면 당연히 잡생각이 끼어들 틈이 없다. 게다가 온몸이 돌덩이처럼 무겁고 심장은 조여온다. 얼른 이 고통을 끝내고 싶다는 생각뿐이다.

그러므로 조금 전까지만 해도 나를 괴롭히던 상념은 금세 잊어버릴 수밖에 없다. 달릴 때만큼은 과거를 반복해서 회상하며 자책하거나, 어디서부터 잘못된 것인지 실마리를 하나하나 찾는 일 따위가 더 이상 중요하지 않았다. 휴대폰을 볼 수도 없으니 지나간 인연에 대해 괜한 기대감을 가질 일도 없었다. 딱 달리는 시간만큼, 과거의 관계로부터 벗어나는 셈이었다. 달릴 때면 정말로 과거를 끊어버리고 앞으로 나아가고 있다는 해방감마저 들었다.

몸의 고통 앞에서 한낱 상념은 아무것도 아닌 것이 돼버렸다. 이런 식으로 달릴 때마다 나는 단순하게 고통스러웠고, 모순적이게도 고통스러운 만큼 머릿속은 명쾌해졌다. 그리고 달리기가 끝나면 예외 없이 기분이 좋아졌다. 달리기 전의 기분이 어땠는지, 달리는 동안 얼마나 고통스러웠는지와는 상관없었다. 늘 기분에 지배되던 몸이 새로운 사실을 깨달았다. 달리기를 통해 기분을 전환시킬 수 있으므로, 기분은 조절 가능한 영역이라는 것을. 꽤 충격적인 깨달음이었다. 기분이란 되게 별것 아닌 것이었다. 달리기 한 번에, 단 30분 만에 제압할 수 있는 것이었다. 연약한 기분 때문에 아무것도 하지 못한 채로 넘겨버린 날도, 방 안에서 꼼짝 않고 웅크리고 있던 날도 셀 수 없었다. 그런 식으로 생각에 매몰돼 한 발짝도 나아가지 못한 많은 일들이 스쳤다. 다시는 기분에 휘둘리고 싶지 않았다.

드디어 내게도 믿을 구석이 생긴 것이다. 불쾌한 말이 나를 할퀴는 날에는 그 기분 속에 나를 그냥 내버려두지 않는다. 나는 기꺼이 나를 구원해줄 수 있다. 그것도 단 30분 만에. 무조건 한번 달리고 오면 괜찮아질 것이라는 믿음으로 옷을 챙겨 입고 나선다. 달리면서 맞닥뜨릴 고통쯤은 기꺼이 받아들일 셈이다. 그렇게 땀을 흠뻑 흘리고 나면 내가 왜 기분이 나빴는지 정도는 가볍게 무시할 수 있게 된다. 기분에서 벗어난 스스로가 강한 사람처럼 느껴진다. 그러고는 깨닫게 된다. 내 기분을 결정할 사람은 나여야만 한다는 것을. 스스로의 기분에 결정권을 가지게 됐다고 생각하자 나는 굉장히 믿음직한 사람이 된 것만 같다. 달리고 올 때마다 나는 나를 믿고 살아봐도 좋을 것 같은 생각이 든다.

늘 기분에 지배되던 몸이 새로운 사실을 깨달았다.
달리기를 통해 기분을 전환시킬 수 있으므로,
기분은 조절 가능한 영역이라는 것을.
달리고 올 때마다 나는 나를 믿고
살아봐도 좋을 것 같은 생각이 든다.

내가 원하는 내가 되는 경험

꾸준히 달리기 위해 준비할 것은 근력도, 성실함도 아닌 내 마음에 쏙 드는 운동복이다. 좋아하는 운동복을 갖춰 입은 날이면 내 모습이 왠지 멋있어 보인다. 현관문을 열고 동네 트랙까지 가는 발걸음이 벌써 자신감으로 경쾌하다. 이런 모습을 하고 중간에 포기하는 일은 도무지 어울리지 않는 것 같아 1분이라도 더 버티기 위해 애쓴다. 좋아하는 운동복을 입고 달리는 내 모습이 마음에 들어 조금 더 달려본다. '조금 더'를 몇 번이고 되뇌다 끝까지 달리고 만다. '내 마음에 드는 모습'으로 달리는 것은 생각보다 중요한 일이라, 달리는 내 모습이 마음에 들면 저절로 잘 달릴 수 있게 된다.

달리기를 막 시작했을 무렵에는 이런 사실을 몰랐다. 운동하고 나면 어차피 옷이 땀으로 젖으니까, 깜깜한 밤에 굳이 누구에게 잘 보일 일도 없으니까 집에서 입던 티셔츠를 대충 입고 달렸다. 여러 번 달리다 보니 땀 배출이 잘 되는 기능성 소재의 옷이 필요해서, 단지 필요에 의해 러닝용 티셔츠를 사게 됐다. 그렇게 별 생각 없이 산 단순한 검정색 나이키 러닝복에서 처음으로 이상한 자신감을 느꼈다.

복장의 힘이란, 나이키 로고의 힘이란 대단했다. 운동복을 갖춰 입으니 나도 모르게 가슴을 쭉 펴고 곧은 자세를 유지하며 동네 트랙으로 향하게 됐다. 달리는 동안에는 복장에 걸맞게 더 잘 달리고 싶어졌다. 가벼운 운동복 속에서 몸의 움직임이 훨씬 더 자유로워졌고, 몸의 자유로움을 느낄 때마다 뭐든 할 수 있을 것만 같은 자신감이 붙었다. 그때 알았다. 대충 입고 달리던 날, 누구도 나를 알아보지 않았으면 하는 마음이 어디서 기인하는 것이었는지. 애정 없는 허드레옷과 그 옷을 입은 내 모습이 스스로가 보기에도 별로였던 것이다. 그 이후로 운동복을 하나둘 장만하기 시작했다.

당시 백수였던 내 사정에 운동복 가격은 만만치 않아서 큰 마음을 먹어야만 겨우 살 수 있었다. 그래서 내가

정한 목표에 도달한 후 혹은 달리기가 조금 지겨워질
때쯤 스스로를 위한 선물로 운동복을 하나씩 샀다. 새
운동복을 사고 나면 얼른 달리고 싶어졌다. 자꾸만 새
옷을 입고 싶어서 더 자주 나갔다. 운동복을 입고 열심
히 달리는 내 모습을 기대하는 마음이 나를 계속 달리
게 했다.

　운동복을 입는 재미가 커지면서 점점 새로운 디자인
의 운동복을 고르기 시작했다. 마치 수영장에서 고급반
으로 갈수록 수영복의 무늬가 화려해지고, 요가원에 오
래 다닌 회원들이 다채로운 색의 요가복을 입고 있는
것과 비슷한 원리일까. 평소 내 피부 톤과 어울리지 않
는다고 생각해서 못 입었던 연보라색 상의를 사보기도
하고, 프린트가 마음에 드는 남성용 티셔츠를 사기도
했다. 입어보고 싶었지만 선뜻 시도하지 못했던 짧은
기장의 티셔츠에 도전해보고, 경쾌한 파란색 양말을 신
고 기분 전환을 했다.

　평소 옷을 살 때 중요하게 생각하는 것은 나와 어울리
는지, 내가 타인에게 어떻게 보이는지였지만 운동복을
고를 때는 그런 것들이 더 이상 중요하지 않았다. 남성
복이든 여성복이든 상관없었다. 내 퍼스널 컬러와 맞는
지 따위는 신경 쓰지 않기로 했다. 그저 내 모습이 스스

로 마음에 드는지 아닌지만이 중요했다. 달릴 때만큼은 정말로 내가 입고 싶은 대로 입었고, 아무 운동복이나 대충 집어 입고 싶은 날 또한 그렇게 했다. 그것은 '내가 원하는' 내가 되는 경험이었다. 운동복을 입을 때의 자유로움은 점점 나를 타인의 시선에서 벗어나게 해줬다.

달린 후 얼굴이 빨갛게 익고 머리카락까지 땀범벅이 돼도 더 이상 내 모습이 부끄럽지 않다. 티셔츠 등판에 땀이 만들어낸 무늬는 내가 무언가를 해냈다는 어떤 표식 같다. 그 표식이 마음에 들어 더 씩씩하게 트랙을 빠져나오기도 한다. 오히려 옷이 땀으로 젖어서 지저분해 보일수록 이상하게도 스스로가 자랑스러워진다. 운동복을 입고 달릴 때마다 나는 점점 진짜 '나'에 가까워진다.

이런 경험은 예상 밖의 효과를 가져다줬다. 운동복을 갖춰 입은 내 모습에서 나아가 내 몸 자체를 긍정적으로 바라보기 시작한 것이다. 생각해보면 오래전부터 나는 내 발과 다리를 감추고 싶어 했다. 무지외반증 때문에 투박해진 발의 모양과 발 곳곳에 잡힌 굳은살이 부끄러웠다. 여름철이면 샌들을 신은 내 발을 누군가 쳐다보는 것 같은 착각에 빠져들어서 맞은편 사람의 시선이 아래로 향할 때면 무심코 발을 뒤로 뺐다. 늘 발을 의식하고 있었고, 숨기고 싶었다. 짧은 반바지를 입거나 다리의 실루엣이 드러나는 스키니진을 입을 때면 곧게 뻗지 않고 휜 모양의 종아리가, 잘못 자리 잡은 것 같은 종아리 근육이 부끄러웠다. 비죽 튀어나온 허벅지 살이 꼴 보기 싫었다. 거울에 비친 다리를 보며 나는 아주 오랫동안, 무심코 내 몸을 미워해왔다.

그런데 달리기를 시작하고 보니 내 발과 다리가 그렇게 소중할 수가 없다. 달리기를 할 때는 발의 착지법이 따로 있을 정도로 발의 중심을 잡는 것이 중요한데, 발의 어느 부위를 먼저 내딛는지에 따라 몸이 충격을 흡수하는 부위와 정도가 달라지기 때문이다. 달리기에서 발은 생명줄과도 같은 것이고, 조그마한 상처만 생겨도 달리는 게 힘들어지니 발을 소중하게 여길 수밖에 없다. 종아리와 허벅지도 마찬가지다. 안전하게, 오래 달리기 위해서는 하체 근육을 단련시키는 것부터 시작해서 스트레칭까지 꼼꼼히 해줘야 한다.

다리에 근육이 더 많이 붙었으면 해서 런지와 스쿼트를 열심히 하고, 운동 후에는 틈만 나면 폼 롤러로 종아리를 문지른다. 어떤 날에는 수고한 내 발과 종아리를 위해 아로마 오일을 정성스레 발라준다. 그러니 발과 다리의 모양이 어떤지는 더 이상 중요하지가 않다. 내 몸은 '예쁘게' 보이기 위해 존재하는 것이 아니라 오직

'잘 달리기 위해', '건강하게 기능하기 위해' 존재하기 때문이다. 이제는 기능에 충실한 내 다리가, 몸이 대견하고 고맙다. 오랫동안 미움받았던 내 발과 다리를 소중히 대해줄 것이다. 계속 잘 달려달라고, 튼튼하게 있어달라고.

옷이 땀으로 젖어서 지저분해 보일수록 이상하게도 스스로가 자랑스러워진다. 운동복을 입고 달릴 때마다 나는 점점 진짜 '나'에 가까워진다. 내 몸은 '예쁘게' 보이기 위해 존재하는 것이 아니라 오직 '잘 달리기 위해', '건강하게 기능하기 위해' 존재하기 때문이다.

우리에겐 무엇이든 입고 달릴 권리가 있다

어느 순간부터 레깅스는 입지 않는다. 러닝용 조거 팬츠를 입고, 몸의 라인이 많이 드러나는 옷은 일부러 피한다. 여름철 여성용 러닝복으로 나오는 3인치짜리 짧은 반바지는 더 이상 손이 가질 않아서 대신 허벅지를 반정도 가려주는 5인치짜리 반바지를 샀다. 몇 년 전만 해도 여성용 운동복은 짧고 붙는 것밖에 없었는데 최근에야 길이가 적당한 반바지가 하나둘 보인다. 그러나 여름에도 웬만하면 조거 팬츠를 입는다. 이상하게 러닝 경력이 늘어날수록 점차 내 옷은 길어지고 커지고 있다.

처음부터 이랬던 건 아니다. 나에게 레깅스는 운동을 하기 위해 당연히 착용해야 하는 유니폼 같은 것이었다. 5년 전 처음 필라테스 수업에 등록했을 때부터 줄곧 레깅스를 입어왔다. 거기선 모두가 당연하게 레깅스와 몸에 딱 달라붙는 상의를 입었다. 당시 여성용 하의로 레깅스 외에는 별다른 대안이 없기도 했지만 그렇게 입어야만 어떤 근육이 움직이는지 세심하게 살필 수 있었다. 조금이라도 헐렁한 옷을 입으면 걸리적거려서 움직임에 방해가 되기 일쑤였다.

그러나 야외에 나가 달리기 시작하면서 상황은 좀 달라졌다. 한창 달리기에 재미를 붙여갈 무렵, 여느 때와 다름없이 평범하게 달리던 날이었다. 내 맞은편에서 달려오는 남자가 나를 계속 쳐다보는 듯한 느낌이 들었다. 꺼림칙했지만 다행히 그는 나를 지나쳐 갔다. 하지만 잠시 후 그는 방향을 되돌려 내 뒤를 따라오더니 순식간에 나를 앞질러버렸다. 그러고는 또다시 나를 마주 보고 달리며 내 옆을 지나치기를 반복했다. 누군가 내 뒤에서 비슷한 속도로 달리는 느낌이 들었다. 돌아보지 않아도 누군지 알 것 같았다. 불쾌했다. 일부러 속도를 냈다. 그는 급하게 나를 쫓아와 갑자기 말을 걸기 시작했다. 처음부터 의도적으로 내 속도에 맞춰 따라왔던 것이다. 굳이 방향을 몇 번이나 바꿔가며 따라온 남자의 행동이 너무 당황스럽고 소름 끼쳐서 얼른 트랙을 빠져나와 버렸다.

　'왜 운동하러 나갔다가 불쾌한 일을 겪어야 하나.' 운동을 끝마치지도 못하고 돌아온 것이 억울했다. 그러고는 무서워졌다. 아무리 사람들이 붐비는 동네 산책로지만 한밤중 누군가가 나를 확인하고 뒤따라오는 상황은 공포 그 자체다. 심지어 운동하는 중에도 그런 일이 일어날 수 있다는 생각은 해보지 않았기 때문에 심리적으로 완전히 무방비 상태였다.

　한동안 운동하러 나가는 게 꺼려졌다. 그 일이 사소하게 넘겨지지 않았다. 그 사람을 또 마주칠까 봐, 혹시나 나를 알아보고 해코지라도 할까 봐 신경이 쓰였다. 멀리서 남성 러너가 보이면 본능적으로 거리를 두고 달렸다. 왜 그런 일이 일어났는지 문제를 자꾸 스스로에게서 찾았다. 야외에서 운동하는 주변 친구들과 비슷한 경험을 나누면서 이런 일이 생각보다 흔하게 일어난다는 걸 알게 됐다. 걷기 운동 중 누군가 계속 따라왔던 일부터 자전거를 타는 중에 느꼈던 노골적인 시선, 심지어 뒤에서 소리를 지르며 비키라고 위협했던 일까지. 모두 당황스럽고 공포스러운 일들이었다.

　몇 년 전 수영 강습반에서 겪었던 은근하고 불쾌했던 시선까지 떠올랐다. 수영장을 다시 다니게 된다면 일반

원피스 형태가 아닌 허벅지까지 내려오는 반신 수영복을 사야겠다고 마음먹었을 정도였다. 불쾌한 시선을 주는 사람들에게 일일이 대응하는 것보다 그 편이 훨씬 덜 소모적이었다. 운동하는 여성의 몸에 따라붙는 해로운 시선에 대해 생각하지 않을 수 없었다. 레깅스에는 아무런 잘못이 없었지만 내가 여성이기 때문에 겪을 수 있는 불쾌한 일의 가능성을 모두 차단하고 싶었다. 좋아하는 러닝을 하러 나가면서 걱정하고 싶지 않았다. 그 길로 펑퍼짐한 조거 팬츠를 구입했다.

수년 동안 레깅스를 입어왔지만 레깅스에 대해 이렇게 진지하게 고민해볼 일이 없었다. 타인의 시선으로부터 안전한 곳에서 운동해왔기 때문이다. 같은 성별, 비슷한 또래의 사람이 모이는 요가원이나 필라테스 학원과는 달리 동네 트랙 위에서는 불특정 다수를 마주친다. 레깅스에 브라톱을 입고 자유롭게 달리는 일은 영화 속에서나 가능하다. 조금이라도 노출이 있는 옷을 입으면 쳐다보는 게 내가 사는 곳의 현실이다. 평소에도 옷을 입을 때마다 내가 '나'이기 전에 '여성'이라는 사실을 너무 자주 상기하게 된다. 약간의 노출, 약간의 비침에도 불쾌한 시선이 따라붙을까 봐 예민하게 옷 차림새를 살핀다. 여름이면 잠깐 슈퍼마켓에 나갈 때도

속옷이 비칠까 봐 티셔츠 색깔에 신경 쓴다. '시선 폭력'
에 대한 걱정이 스스로 옷차림을 제한하게 만드는 것이
다. 이렇듯 일상 대부분의 시간 속에서 내가 여성이라
는 점을 걱정이라는 형태로, 원치 않게 떠올리고 만다.

　달리기를 할 때면 정신과 육체 모두 강해지는 느낌을
받는데, 그때 내 성별을 떠올리기 전에 그저 '한 인간으
로서' 단단해진다는 느낌이 먼저 든다. 그리고 조거 팬
츠를 입고 달리는 동안 그 느낌은 배가 된다. 미디어에
서 쉽게 소비되는, 운동하는 여성의 몸에 대한 편견적
인 이미지에서 벗어나 '나로서' 달린다는 만족감과 쾌감
이 있기 때문이다. 내가 보아온 주변의 운동하는 여성
들은 스스로 불편하다고 느낄 정도의 지나친 노출이나
과장된 몸의 굴곡과는 거리가 멀다. 그런 여성의 몸은
미디어 속 이미지로만 존재한다. 조거 팬츠를 입고 달
릴 때마다 나는 누군가에게 보여주기 위해 운동복을 입
는 여성은 없으며, 이런 모습으로 달리는 여성도 있다
고 온몸으로 말하는 중이다.

　드라이핏 소재의 조거 팬츠는 가볍다. 몸을 조이지 않
아 움직임이 편안하고 땀이 금방 마른다. 무엇보다 레
깅스를 입을 때 하던 생각들을 더 이상 하지 않게 됐다.
다리 모양이 어때 보이는지, 살이 쪘는지 아닌지, 뒷모

습을 누가 보는 건 아닌지 걱정할 필요가 없어졌다. 그저 내 몸의 움직임과 옷의 기능에만 신경 쓰면 됐다. 조거 팬츠가 내게 신체적, 정신적 자유로움을 준 것이다. 게다가 스포츠 브라가 상체를 묵직하게 누르면 왠지 모를 든든함을 느끼는데, 스포츠 브라가 운동 중 가슴을 보호해주고 안정적으로 지지해주기 때문이다. 그러니 스포츠 브라는 여성이 감춰야 할, 혹은 너무 쉽게 성적으로 소비되는 여성 속옷의 한 종류가 아니라, 기능하는 옷이 된다. 달리는 동안 스포츠 브라의 색깔이나 비침 따위는 신경 쓸 필요가 없다. 나는 달리기와 운동복을 통해 일상의 모든 불편했던 시선에서 벗어나 그저 '달리는 한 인간'이라는 자유를 느낀다.

그러나 한편으로는 레깅스 입기를 그만두기 시작한 이유를 써 내려가는 동안 마음 깊은 곳에서는 찜찜함이 생겨났다. 조거 팬츠를 입기 시작한 것이 나의 의지가 아닌 타인의 해로운 시선 때문이었다는 것이 명백해졌기 때문이다. 자의가 아닌 타의로 옷차림을 제한하는 게 맞는 일인지 의문이 들었다. 결과적으로 조거 팬츠가 내게 해방감을 줬지만 그 시작은 결코 자유롭지 않았다는 것을 떠올리자 조금 갑갑해졌다.

글을 쓰는 내내 생각한 것은 조거 팬츠냐 레깅스냐는

중요한 문제가 아니라는 것이다. 우리에게는 '무엇이든 입고 달릴 권리'가 있다. 레깅스를 입고 싶은 날에는 레깅스를 입고, 한여름 브라톱 차림으로 달리고 싶다면 그럴 수 있다. 무얼 입든 다양한 옷차림의 운동하는 여성들이 더 많아지길, 안전하다고 느끼는 날이 오기를 바란다.

스포츠 브라는 여성이 감춰야 할, 혹은 너무 쉽게 성적으로 소비되는 여성 속옷의 한 종류가 아니라, 기능하는 옷이 된다. 달리는 동안 스포츠 브라의 색깔이나 비침 따위는 신경 쓸 필요가 없다. 나는 달리기와 운동복을 통해 일상의 모든 불편했던 시선에서 벗어나 그저 '달리는 한 인간'이라는 자유를 느낀다.

마음의 굳은살

한 번에 30분은 달려야 적당히 괴롭고, 개운하다고 느낀다. 달리는 중간중간 이런 생각을 하는 여유도 생겼다. '오늘은 몸이 가볍네', '3킬로미터 지났는데 할 만하네' 같은. 게다가 자발적으로 속도를 조절할 수도 있다. 매 킬로미터마다 페이스를 체크하며 조금 빠르다 싶으면 속도를 늦추고, 느리다 싶으면 속도를 조금 더 내본다. 속도가 일정 범위를 벗어나지 않아야 안정적으로 목표 거리에 도달할 수 있으므로 예민하게 몸을 제어하고 조절한다.

한 번에 30분을 달릴 수 있다는 걸 상상도 못하던 시절이 있었다. 2017년 7월 11일. 그날이 아직도 생생하

다. 처음에는 '런데이' 라는 앱의 초보자용 달리기 프로
그램의 도움을 받아 달리기 시작했다. 총 8주짜리 훈련
과정은 달리기와 걷기를 번갈아 반복하는 인터벌 러닝
으로 구성돼 있었다. 1분 달리기와 2분 걷기를 반복하
다 점점 시간을 늘려 3분씩 달리고, 5분씩 달려 마지막
에는 30분 동안 쉬지 않고 달리는 것이 훈련의 최종 목
표였다.

　3분 달리기를 반복할 때만 해도 이 정도면 상쾌하다
고만 느끼던 멋모르는 초보였지만, 5분 미션부터는 본
격적인 달리기라 할 만했다. 5분이 그렇게 긴 시간이라
는 것을 살면서 그때 처음 알았다. 15분 달리기는 더욱
가관이었다. 몸은 몸대로 따라주지 않았고, 한겨울에
꾸역꾸역 달리자니 이상한 외로움까지 생겨났다. 당시
너무 고통스러워서 '나는 아무런 생각이 없다'라는 말을
읊조리며 달렸다. 차라리 달리는 시간도, 달리고 있다
는 사실도 모두 잊어버리는 편이 고통을 더는 데 도움
이 됐다. 지금 생각해보면 그냥 포기해도 될 걸 왜 그렇
게 절박하게 15분을 채우고, 달리기를 반복했는지 새삼
스럽기만 하다.

　그러나 정말로 그때는 그런 절박함과 비장함이 있었
다. 이미 시작된 달리기를 거기서 끝낼 수는 없었다. 1분

부터 시작해서 '3분, 5분, 10분……' 이렇게 내가 멈추지 않고 달릴 수 있는 시간이 성실하게 늘어나는 것을 보고 있으니 왠지 달리면 달릴수록 더 잘 달리게 될 거라는 이상한 믿음이 생기기 시작했다. 내가 30분을 달리게 되리라는 생각은 못했지만, 15분을 달릴 수 있게 된 후에는 16분을 달릴 수 있게 된다는 것만은 알았다. 달리는 중에도 마찬가지다. 예를 들어 5분을 달렸다면, 그만큼 몸이 소모되는 것이 아니라 오히려 5분치의 움직임이 내 몸에 쌓인다. 5분을 버텨낸 힘과 인내가 그다음 5분을 버티게 해주는 것이다.

달리기가 끝날 때마다 나는 매번 '더 쉽게' 달리러 나갈 수 있는 사람이 되어 있었다. 내 끈기와 의지가 대단해서 30분을 달릴 수 있게 된 것이 아니라, 달리기라는 움직임 자체가 나를 계속 앞으로 밀어줬다. 달리기를 하지 않는 사람이 들으면 이게 무슨 소린가 싶겠지만, 내가 1년 동안 30분 달리기라는 목표에 매달릴 수 있었던 이유는 아이러니하게도 달리기 그 자체의 힘 덕분이다. 달리기는 관성이다. 오늘의 '지겹도록 반복되는 움직임'을 버텨내고 나면 내일 또 달릴 수 있는 동력이 생긴다. 그렇게 달리기라는 동력을 이용해서 점점 더 앞으로 나아갈 수 있다. 그런 이유에서 내게 달리기는 에너지를

'쓰는' 운동이기보다는, 에너지를 '쌓는' 운동이다.

'1분 달리기'부터 시작해서 30분을 쉬지 않고 달릴 수 있게 되기까지 1년을 통과한 후 나는 이전과는 조금 다른 사람이 되어 있었다. 언제부턴가 나는 노력의 의미에 무뎌져 있었다. 20대 중반 무렵 취업 준비 기간이 길어지고, 거듭되는 거절에 익숙해지면서부터였다. 삶이 뜻대로 흘러가지 않는다는 것을 그때 본격적으로 깨닫기 시작한 것이다. 그 후 인턴이나 기간제 계약직으로 일하는 동안에는 늘 다음을 생각해야 하는 불안함이 있었다. 남들은 한 계단씩 올라가는 것만 같은데, 계약이 종료될 때면 나는 매번 다시 출발선으로 돌아가는 것 같았다. 어떤 관계는 노력과 상관없이 한순간에 끝났고, 또 어떤 관계는 이유를 모른 채 멀어지기도 했다. 끝까지 가지 못하고 이탈해버린 일들 사이에서, 실패라고 부를 수 있는 이런저런 일들의 총합으로 인해 어느새 내 안에는 '해도 잘 안 될 거라는' 무기력함이 짙게 깔려 있었다.

그러나 달리기를 하면서 내가 흘린 땀과 내딛었던 한 발 한 발이, 1분 1초가 그대로 몸에 축적돼 근육으로, 지구력으로 쌓였다. 시간을 들인 만큼 더 잘 달리게 되었고, 더디지만 결국 목표에 다다랐다. 내게는 그런 경험이 간절히 필요했다. 노력한 만큼 결과가 따라주는 일. 어쩌면 체념하는 모습이 아닌, 끝까지 달리는 내 모습을 보고 싶어 계속 달리러 나간 것인지도 몰랐다. 무언가를 성취한 경험은 노력을 믿게 만들어준다. 다른 분야에서도 나를 쉽게 지치지 않게 만들어준다. 분명 오늘보다는 내일 더 잘 달릴 수 있을 거라는 믿음이, 막연히 내일의 나는 괜찮을 거라는 희망이 생긴다. 그러고 보면 노력해서 이룰 수 있는 것 중 가장 쉬운 것은 달리기가 아닐까.

그 시간들을 통과하고 보니, 매 순간 지면을 박차고 나아가던 씩씩한 마음 또한 몸 안에 차곡차곡 쌓여서 단단한 무언가를 형성한 것만 같다. 정말로 나를 계속 달리게 만들어줬던 것은 다리의 근육도, 심폐지구력도 아닌 마음의 굳은살이었음을 이제는 안다.

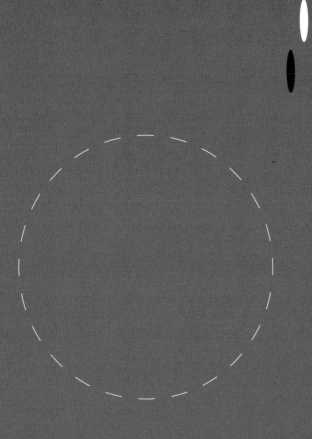

내게는 그런 경험이 간절히 필요했다. 노력한 만큼 결과가 따라주는 일. 어쩌면 체념하는 모습이 아닌, 끝까지 달리는 내 모습을 보고 싶어 계속 달리러 나간 것인지도 몰랐다.

타인 앞에서 너무 많은 시간을 보냈다

사람을 만날 일이 별로 없다. 주 3회씩 꼬박꼬박 만나는 과외 학생과 가족을 제외하고는. 코로나19 때문에 정도가 더 심해지긴 했지만 실은 평소에도 그랬다. 편집자와는 이메일과 전화로 소통하고, 행사를 준비하거나 책을 서점에 입고하는 일도 이메일로 진행한다. 예전에는 친구들도 많았던 것 같은데 30대에 들어서면서부터는 만날 수 있는 친구들도 많이 줄었다. 자연스레 카카오톡으로 시시콜콜한 일상을 나누는 일도 거의 없다. 고민이 생기면 팟캐스트를 듣거나 인터넷에 검색한다. 경험이 풍부한 창작자들의 이야기나 일면식도 없는 사람들의 사례를 조언 삼아 혼자 결정하는 일에 익숙해졌다.

  주위 사람들에게 사소한 고민을 털어놓는 대신 마음
의 부스러기들을 잘 모아서 글감으로 발전시키려고 해
본다. 말을 줄이고 글을 쓰는 셈이다. 친구들보다는 동
네 고양이들과 더 자주 만난다. 부족한 대화는 얘네랑
한다. 말을 걸기도 하고 서로의 체온으로 소통할 때도
있다. 내가 좋아하는 일들은 대부분 혼자서도 할 수 있
는 일이다. 혼자 맥주를 마시며 영화 보는 시간을, 잠들
기 전 누워서 책 읽는 시간을 사랑한다. 때로는 방탄소
년단의 레전드 무대 영상을 찾아보며 흥분하기도 한다.
타인의 협조 없이도 순조롭게 돌아가는 시간이 편안하
고 즐겁다. 혼자 하는 일을 좋아해서 혼자 보내는 시간
이 많아진 건지, 아니면 그 반대인지는 잘 모르겠지만
어쨌든 혼자 보내는 시간을 통해 생활의 찌꺼기 같은
감정을 스스로 간편하게 처리할 수 있게 됐다.

  그럼에도 가끔은 해결되지 않는 끈질긴 감정이 생겨
나는데, 세상에 나 홀로인 것만 같은 기분이 그렇다. 분
명 나는 가족도 있고 반려 동물도 있지만 그런 것들이
잘 떠오르지 않는 날이 있다. 인간이기에 어쩔 수 없이
생겨나는 고독을 해결하기 위해서라면 달리러 나가는
수밖에 없다. 달리기는 혼자가 되기에 가장 합당한 일
이기 때문이다.

 달리기를 타인과 나눠서 할 수는 없다. 아무리 힘들어도 누가 나 대신 달려줄 수 없다. 내가 딱 내디딘 만큼만 앞으로 나아갈 때, 달리기는 철저히 나 혼자만의 일이 된다. 달린 누적 거리만큼 잘 달릴 수 있게 되고, 그 성장은 누구와도 공유되지 않는다. 게다가 달리기는 지극히 자발적인 움직임이다. 누가 시킨다고 달리는 사람은 없기 때문이다. 지금 내가 처한 상황을, 기분을 바꿔버리겠다는 스스로의 의지로만 몸을 일으킬 수 있다. 달리는 동안 심장의 두근거림, 발바닥의 뜨거운 마찰, 어쩌다 달리기가 잘 될 때의 은근한 리듬감까지도 나만이 감각할 수 있다. 처음부터 끝까지 달리기는 완벽한 혼자의 일이다. 달리기를 하면 할수록 혼자가 되는 일이, 혼자라는 사실이 지극히 당연해진다.

 내게 달리기라는 도구가 없었다면 여전히 나는 시시콜콜한 고민을 털어놓고 싶어서, 혼자인 것을 감당할 수 없어서 끊임없이 누군가를 괴롭혔을지도 모르겠다. 그 대상은 늘 가까운 친구나 연인이었다. 외로움을 해소하는 방법으로 타인에게 의지하는 것밖에는 몰랐다. 그래서 친구의 수나 친구와의 약속 빈도, 연인의 관심 같은 것에 쩔쩔맸다. 그런 것들이 없으면 나는 아무것도 아닌 것 같았다. 계속해서 타인과의 관계에 집착했고, 어딘가에는 내게 꼭 맞는 사람이 있을 거라 믿었다. 그런 사람을 만난다면 내 문제도 해결될 거라 생각했다. 좀처럼 홀로 서는 방법을 몰랐던 것이다.

벨 훅스의 《사랑은 사치일까》에서 인용한 에리카 종의 인터뷰를 읽고서 한동안 흥분을 가라앉히기가 힘들었다. "40대 중반이 되기 전까지, 나는 무턱대고 어디선가 내가 지금껏 만났던 남자보다 나은 남자가 나타나 내 삶을 바꿔줄 것이라 생각했다. 그런 낭만적인 구출이라는 꿈은 많은 여성에게 강력한 유혹이며, 자신을 영원히 보살펴줄 부모와도 같은 전지전능한 오이디푸스적 존재에 대한 환상이다. 내가 느낀 가장 큰 자유는 내 삶에서 나를 구해줄 누군가를 더 이상 믿지 않을 때 찾아왔다." 여기에 벨 훅스는 이렇게 덧붙인다. "여성들이 자기 자신을 진정으로 사랑할 때, 우리는 스스로 자신을 구원하기로 선택하는 것이 얼마나 쉬운지 깨닫게 된다."

내가 달리기를 시작한 이후 줄곧 느낀 감정이 바로 여기에 적혀 있었다. 완벽한 '혼자의 일'을 해오면서 미묘하게 달라진 점은, 혼자의 일을 잘 수행해내는 스스로가 조금씩 좋아지고 있다는 것이었다. 달리기로 인해 전신이 고통스러울 때면 형벌을 받는 것만 같다. 물리

적인 의미에서 형벌이기도 하지만, 정신적인 형벌이기
도 하다. 지우고 싶은 과거의 행동이나 나약했던 내 모
습을 떠올리며 이 정도 형벌은 받아도 된다고 생각하
며 달린 적도 있었으니까. 그래서 달리기는 나에게 주
는 일종의 면죄부이기도 하다. 형벌이 끝난 후에는 스
스로에게 마음껏 후하고 싶어진다. 이미 달리는 중에도
이것만 끝나면 나에게 어떤 보상을 해줄지 계속 생각한
다. 어떤 날은 달리기를 끝내자마자 편의점으로 달려가
한아름 계산을 하고 나온다. 거창한 것은 없다. 맥주 한
모금만으로도, 뜨거운 물에 몸을 담그는 것만으로도 나
는 거의 안도에 가까운 행복을 느낀다.

　형벌과 보상을 반복하면 할수록 내가 하나의 독립적
인 개체임을 절실히 실감한다. 몸을 일으키는 것부터
시작해서 고통을 느끼고, 결국 행복해지는 일까지 내
안에서 너무도 다양한 일이 벌어지는데 하나부터 열까
지 스스로 해결해야 하기 때문이다. 혼자서는 아무것도
아니라고 생각했던 내가 드디어 '괜찮은 인간'처럼 느껴
진다. 신체의 고통을 혼자 감내하고, 끝난 후의 기쁨을
혼자 맛본다. 더 이상 내 행복을 타인에게 맡길 필요가
없다. 이제껏 의지했던 어느 누구보다 그냥 나를 믿는
것이, 달리기를 믿는 편이 훨씬 보장된 안정감을 준다.

절대 녹슬지 않을 삶의 강력한 무기를 가진 것만 같다.

타인을 바라보느라 나를 잊고 지낸 시간이 길다. 나는 언제고 나와 함께 붙어 있는데, 함께 있는 나 스스로를 좋아하지 못해서 그렇게 타인을 찾아 다녔는지도 모르겠다. 좀처럼 혼자가 되지 못했던 나에게 가장 절실히 필요했던 것은 그 누구도 아닌 나 자신이었을 것이다. 기꺼이 혼자가 되기 위해 달리러 나간다. 혼자라는 것을 확인하고 나면, 나는 또다시 나 자신을 절실히 돕고 싶어진다.

여성들이 자기 자신을 진정으로 사랑할 때, 우리는 스스로 자신을 구원하기로 선택하는 것이 얼마나 쉬운지 깨닫게 된다.

– 벨 훅스, 《사랑은 사치일까》

에너지를 예열하는 중입니다

러닝 앱을 켜서 마지막으로 달린 게 언제였는지 확인한
다. 날씨를 핑계로 달리지 않은 지 벌써 일주일이 다 돼
간다. 어쩐지 요 며칠 뭘 해도 귀찮은 마음이 스멀스멀
올라와 일상을 방해한다 했더니 역시나 '러닝 총량'이
부족해서였다. '러닝 총량'이란 지난 3년간 자연스레 발
견한 나만의 에너지 충전량으로 일상을 무리 없이 보내
기 위해 한 달 동안 달려야 하는 거리다.

　나의 경우 한 번에 4~5킬로미터를, 일주일에 2~3회
달리면 일상을 살아가는 데 적당한 에너지가 충전된다.
몸에 크게 무리가 가지 않는 선에서 어느 정도는 힘든
운동량으로, 몸의 상태를 봐가며 3킬로미터씩 나눠 달

리기도 하고, 덜 달렸다 싶은 주에는 부족한 만큼 하루에 몰아서 달리는 등 유동적으로 러닝 총량을 채운다. 이렇게 몸을 적당히 지치게 하고 나면 또다시 내일을 버텨낼 에너지가 생긴다. 러닝 총량을 채우는 일은 휴대폰 배터리를 충전하는 일과 비슷한 셈이다.

몸의 배터리를 미리 충전해두지 않으면 모든 일이 점점 귀찮아지기 시작한다. 몸에 조금만 신경을 덜 써도 마음은 바로 알아차린다. 무기력은 늘 한 방향으로만 흐르므로 시간이 지날수록 내 몸은 무거운 공기처럼 아래로 가라앉는다. 평소라면 쉽게 할 수 있는 사소한 일들이 전혀 사소하지 않게 느껴진다. 이메일에 간단한 답장을 보내는 일이나 서점에 책을 부치는 작은 일을 앞에 두고도 망설이게 된다.

체력이 충분할 때는 그런 일들이 가뿐하게 뛰어넘을 수 있는 징검다리 같은 것이었다면 간당간당한 배터리로는 보는 것만으로도 맥이 빠지는 큰 산이 된다. 그러나 진짜 문제는 꼭 해야만 하는 일에도 의욕이 시들해진다는 것이다. 잘 해내고 싶고, 잘 해내야만 하는 원고 작업이 귀찮아지기 시작하고, 책 한 권을 완성하기 위해서 아직도 써야 할 원고가 많다는 사실이 막막해져서 나도 모르게 책상 앞에 앉기를 미룬다. 그러다 원고 쓰는 일이 도대체 무슨 의미가 있을까 하는 생각까지 들어 아주 쉽게 이 일이 싫어져버리는 것이다.

동네 고양이를 돌보는 일도 마찬가지다. 배터리가 안정적일 때는 고양이 밥을 주느라 매일 한 시간씩 아파트 단지 안을 왔다 갔다 해도 거뜬하지만 그렇지 못할 때는 힘에 부친다. 한여름에 땀을 뻘뻘 흘리며 분주하게 돌아다니는 일에, 빈 그릇을 수거하기 위해 몸을 낮게 낮추는 일에 문득 문득 짜증이 밀려온다. 그러다 정신을 차리면 두려워진다. 내가 사랑하는, 해야만 하는 일들이 미워질까 봐 덜컥 겁이 나는 것이다. 그래서 나는 의욕적으로 시작한 원고 작업을, 나를 기다리고 있을 고양이를 돌보는 일을 미워하지 않기 위해 몸의 컨디션 관리에 전력을 다한다.

러닝 총량을 확보해두기만 한다면 몸을 막아서는 나쁜 마음이 끼어들 새가 없다. 잡생각 없이 산뜻하게 책상 앞에 앉아 글을 쓰고, 불필요한 감정 없이 고양이 밥 가방을 메고 돌아다닐 수 있다. 좋아하는 일을 '좋아만' 할 수 있고, 아무런 의문도 가지지 않은 채로 할 일에 집중할 수 있다. 그러니 마음의 상태에 조금이라도 이상이 감지되면 반사적으로 달려야겠다는 계획이 선다. 오늘이 무기력하게 지나버리면 내일은 몸을 일으키는 것

조차 힘들어질지도 몰라서 나는 얼른 운동복으로 갈아
입고 집을 나선다.

숨이 찰 정도의 속도로 달리는 동안 내 몸을 잠식하
던 무거운 공기와 찌꺼기 같은 감정이 진득한 땀과 함
께 빠져나간다. 지난 며칠간 나를 게으르게 만들던, 그
래서 사랑해야 할 것을 미워하고, 잘하고 싶은 마음을
쉽게 시들게 하던 나태한 마음까지 바람의 저항에 부
서져버린다. 잠깐의 달리기로 삶은 단순해진다. 심장이
터질 것처럼 고통이 생생하지만 이 반복이 끝나면 몸은
분명 새로운 에너지로 완충될 것이다.

달리기를 시작한 지 3년이 지난 지금, 능숙해진 것은
달리기 실력보다도 몸을 삶의 도구로 인식하고 그것을
활용하는 방법이다. 몸과 마음은 유기적으로 연결돼 있
어서 끊임없이 영향을 주고받는다. 몸이 약해지면 마
음도 약해지고, 마음이 약해지면 몸도 스트레스를 받는
다. 그러나 다행스러운 것은 마음이 마음대로 되지 않
더라도 내게 주어진 도구인 몸은 훈련을 통해 튼튼하게
만들 수 있다는 것이다.

그래서 나는 오늘도 달리기를 이용해 마음의 상태를
복구하는 과정을 반복한다. 지난 3년간 달리기에 절실
하게 매달렸던 것은 달리는 일이 내 삶에 꼭 필요했기

때문이다. 내게 달리기는 일상을 흔들림 없이 잘 살아
내기 위해 에너지를 예열하는 일이다. 때로는 하고 싶
지 않아도 해야 하는 일상의 과업을 주저 없이 밀고 나
가기 위한 움직임이다. 그리고 어쩌면 내 삶을 잘 살아
내고 싶어 발버둥치는 일이다.

러닝 총량을 확보해두기만 한다면 몸을 막아서는 나쁜 마음이 끼어들 새가 없다. 지난 며칠간 나를 게으르게 만들던, 그래서 사랑해야 할 것을 미워하고, 잘하고 싶은 마음을 쉽게 시들게 하던 나태한 마음까지 바람의 저항에 부서져버린다. 잠깐의 달리기로 삶은 단순해진다.

러닝 플레이리스트

달릴 때 듣는 빠르고 시끄러운 노래는 내 몸을 앞으로
쭉쭉 밀어낸다. 〈Run〉이라고 이름 붙인 플레이리스트
에는 신중하게 엄선된, 달리기 의지를 불태워줄 노래들
이 저장되어 있다. 그냥 밝고 신나기만 한 음악이어서
는 안 된다. 쿵쿵거리면서 빠르게 쪼개지는 비트가 핵
심이다. 아무리 좋은 노래라도 중간에 늘어지는 구간이
있으면 리스트에서 바로 삭제한다. 노래에 따라 몸이
가뿐해지기도 처지기도 하기 때문에 달리기 플레이리
스트는 언제나 예민하게 관리한다.

이제 플레이리스트에는 대부분 아이돌의 케이팝 댄
스곡이 남았다. 세븐틴, 방탄소년단, 블랙핑크, 마마무,

스트레이 키즈 등. 달릴 때 이만한 노래가 없다. "이제
달려야지, 뭘 어떡해. 난 철없어, 겁 없어, man"〈붐바
야-블랙핑크〉, "달리고 달리고 달려봐도 도대체 언제
앞지르냐고, 달리는 것만으로도 충분하다고 Yeh"〈Left
& Right-세븐틴〉, "코 묻은 티, 삐져나온 입, 떡진 머리,
내가 하면 HIP"〈HIP-마마무〉처럼 단순하면서도 당찬
가사를 들으면 어쩐지 가슴이 벅차오른다. 분명 힘들었
는데 저런 노래가 흘러나오면 나도 모르게 몸에 힘이
팍팍 실린다. 당연히 나를 쳐다보는 이 하나 없지만 결
승선을 향해 달려가는 마라토너가 된 심정으로 꾸역꾸
역 힘을 내게 된다. 노래가 쿵쿵거리며 울려 퍼지는 한,
박자를 타고 언제까지고 달릴 수 있을 것만 같다.

　음악 없이 달리는 건 말도 안 되는 일이라고 믿는 내
게 반대로 고요 속을 달리는 일은 기묘하고도 특별한 경
험이었다. 이어폰이 고장 나지만 않았더라면 음악 없이
달리는 일은 없었을 것이다. 그날 집을 나서자마자 이어
폰이 고장 난 걸 알게 됐고 그 바람에 어쩔 수 없이, 이게
가능할까 하는 의심을 품고 달렸던 게 시작이었다. 평소
대로라면 집을 나서자마자 플레이리스트를 켠다. 신호
등 앞에서 노래를 고르고, 어깨와 발목을 돌린다. 적당
히 흥얼거릴 정도의 노래를 들으며 서서히 달리고 싶은

기분으로 만들어간다. 음악은 곧 세상과 나를 차단한 채 달리기 속으로 들어간다는 의미다. 그러나 이어폰이 없는 상태에서는 어떤 징조도 없이 갑자기 달리기가 시작된다.

어색하게 발을 떼자, 신나는 노래 대신 쿵쿵거리는 내 발소리만이 규칙적으로 울려 퍼진다. 트랙이 원래 이렇게나 조용했나 싶을 정도로 소리가 선명하다. 집중할 곳을 잃은 귀가 어쩔 수 없이 발소리에 집중한다. 가만히 소리를 듣자니 팔을 흔들 때마다 옷소매가 스치면서 사각사각 소리를 낸다. 여기에 후후 내뱉는 불규칙적인 내 호흡 소리까지 더해진다. 달리면서 몸으로 이렇게나 많은 소리를 내고 있는 줄은 몰랐다. 그런데 이 소리들이 은근히 어우러져 일정한 리듬을 만들어내고 있다. 앞으로 나아갈 때면 어김없이 '몸의 소리'가 들린다. 내가 나아가는 소리를 들을 수 있다는 게 갑자기 멋진 일처럼 느껴진다.

몸이 내는 소리에 집중하다 보면 속도와 보폭을 더욱 세밀하게 조절할 수 있다. 쿵쿵거리는 발의 리듬이 빠르게 들린다 싶으면 조금 느리게, 숨소리가 거칠어진다면 더 느리게. 내 몸이 만들어가는 박자를 주의 깊게 들으며 몸 상태를 가늠한다. 음악을 들으며 달릴 때는 불가능하던 일이다.

　규칙적으로 들리는 소리가 꼭 메트로놈 같다. 가사도 없이 단순하게 쿵쿵거리는 몸의 소리를 반복해서 듣고 있자니 멍해진다. 달리면 달릴수록 내 움직임에 의해 소리가 나는 게 아니라 몸의 소리에 의해 팔과 다리가 저절로 움직이는 것만 같다. 나는 이 소리를 중단시키고 싶지 않다고 생각한다. 이제는 부지런히 혈액을 내뿜는 심장의 펌프질 소리까지 들리는 것만 같은 착각에 빠져든다. 내가 살아 움직이는 소리를 이토록 생생하게 들은 적이 있었나. 어떤 음악보다도 격렬한 소리 같다.

이제 달려야지, 뭘 어떡해. 난 철없어, 겁 없어, man.

(붐바야, 블랙핑크)

태도가 재능이 될 때

2020년 7월, 드디어 3년을 꽉 채운 러너가 되었다. 3년 차 러너라고 하면 숫자로 말해지는 결과물이 그렇듯 평탄하게 3년을 쭉 달려온 것처럼 보일 테지만 사실은 지난 3년간 들쑥날쑥 기복이 많았다. 도무지 힘이 나지 않는 날에는 눕는 것을 택했고, 찌뿌둥한 몸으로 장마가 끝나길 기다리는 날도 있었으며, 기온이 영하로 내려가는 기간에는 움츠러들어 있기도 했다. 그래도 그 기간을 제외하면 한 주도 거르지 않고 달려서 끊길 듯 끊기지 않고 겨우 3년 차 러너가 됐다. 이쯤 되면 뭔가 대단한 걸 깨우치지 않을까 기대했는데 달리기 3년 차에 깨달은 것은 내가 러닝에 재능이 없다는 것이다.

인스타그램 피드 속 수많은 러닝 인증샷을 보면 나는 달리는 사람들 중에서 가장 못 달리는 사람, 달리는 사람들 중에서 가장 체력이 안 좋은 사람이라는 걸 쉽게 알 수 있다. 나와 비슷한 기간 동안 달려온 러너들 대부분이 웬만하면 나보다 빠르게, 오래 달린다. 10킬로미터 정도는 거뜬히 달리고 하프 마라톤도 한 번쯤은 나가던데, 나는 여전히 7킬로미터를 앞에 두고 좌절한다. 심지어 내가 만든 독립출판물《러닝 일지 Pace》를 읽고 달리기를 시작한 이들조차 이제는 나보다 더 잘 달리는 걸 보고 꽤 충격을 받았다.

좀 이상한 것은 지난 3년간 아무런 의심도 없이 잘 달리다가 최근에 와서야 내 달리기 실력에 의문을 품기 시작했다는 것이다. 어느 순간부터 늘지 않고 제자리를 맴도는 달리기 기록에 그제야 '내가 달리기를 못하나?' 생각했다. 3년이면 재능을 몇 번이나 의심하고도 남았을 시간인데 어쩐지 나는 별 생각 없이 잘 따라주지도 않는 몸으로 꾸역꾸역 달려왔다. 나는 어째서 이토록 재능 없는 달리기를 끈질기게 이어왔던 것일까.

달리기를 시작한 이래로 체득한 것은 재능이 있든 없든, 빠르게 달리든 천천히 달리든 상관없이 한 발 내디딘 만큼만 앞으로 나아갈 수 있다는 사실이다. 남들이 얼마나 빠른 속도로 달리는지도 나와는 상관없다. 남보다 잠깐 빠르게 달렸다 해도 남의 페이스를 따라가다 내 레이스를 끝마치지 못하면 아무 소용이 없기 때문이다. 이제껏 아무 의심 없이 달릴 수 있었던 것도, 맨몸만 믿고 트랙 위에 올라섰던 것도 달리기라는 행위 자체의 정직함 때문이다. 오늘의 달리기를 통해 내일 또다시 달릴 수 있다는 확신을 얻는 일. 그런 날들이 계속 쌓여 재능을 의심하지 않고도 달릴 수 있는 추진력을 얻은 셈이다. 그러니 '재능을 잊은 달리기'는 어쩌면 당연한 일일지도 모르겠다. '달리기'와 '재능'이라는 단어를 나란히 두는 일은 애초에 어울리지 않았다.

반면 달리기 바깥의 영역에서 나는 자주 재능을 의심하고, 스스로를 의심한다. 내 책을 누가 사 볼까 하는 두려움을 안고서 독립출판물을 만들었던 시간이 그랬고, 《달리는 여자, 사람입니다》를 쓰고 있는 지금이 그렇다. 책에 실릴 글을 매주 한 편씩 구독자들의 이메일로 발송하는 출간 전 연재를 시작하고부터는 매번 '재능'이라는 단어 앞에서 좌절한다. 이번 원고는 어떻게든 끝낸다고 해도, 다음 주의 원고를 완성할 수 있을지 자신이 없다. 앞으로 계속 글을 쓸 수 있는 재능이 내게 있을까를 자주 의심한다. 소름 끼치는 재능을 가지고 있는 것도 아니면서 괜히 출간 준비로 시간을 잡아먹다가 내 삶이 이도 저도 아니게 될까 봐 불안하다. 아무래도 다른 계획은 있어야 할 것 같아 창업을 알아보거나 직업 전문학교의 과정을 진지하게 살펴보기도 한다.

뛰어난 재능으로 반짝반짝 빛나는 사람들을 텔레비전에서 자주 본다. 뉴스에서 볼 때도 있고 음악 프로나 영화에서 볼 때도 있다. 그런 사람은 내 가까이에도 있다. 동생을 볼 때면 자신의 재능을 어떻게 그렇게 일찍이 발견하고 쭉 밀고 나갈 수 있는 건지 신기하기만 하다. 집 근처 문화센터 만화 그리기 클래스에 다니던 꼬마가 입시 미술을 거쳐 미대에 다니고 지금도 미술 작업을 업으로 삼고 있다. 미술 외에는 생각해본 적 없다는 동생의 확신이, 한길만 파는 집념이 대단해 보인다. 반면 내게는 여전히 '이거 아니면 안 된다' 싶을 정도로 확신이 생기는 게 없다. 몽상가처럼, 어쩌면 아직 발휘되지 않은 잠재적 재능이 내게 있을지도 모른다고 생각한다. 어릴 적 하던 피아노를 계속 했으면 어땠을까, 어릴 때 태권도 학원이라도 다녔으면 뭔가 다른 재능을 발견하지는 않았을까 하는 생각을 부질없이 해본다.

그러나 재능만으로 모든 게 해결되지는 않는다는 것 또한 가장 가까이서 지켜봐왔다. 동생이 작업에 대해 얼마나 고민하는지, 자기 자신만의 스타일을 완성하기 위해 얼마나 많은 양의 작업을 해왔는지도 안다. 매번 빈 종이에 새로운 걸 만들어내는 일은 매 순간의 불안을 끌어안는 일이기도 하다. 작업을 알리기 위해 혼자 굿즈도 만들고, 직접 그림을 판매하고, 앨범 아트 작업을 하고, 나랑 같이 책도 만든다. '매일을 걷다 보면 길이 되는 것'이라던 동생의 말처럼 그는 정말로 매일매일 걸어서 자기 자신만의 길을 만들어가고 있다. 이쯤 되면 누구도 자신의 재능을 알아주지 않던 시절, 혼자만의 방에서조차 끈질기게 그림을 붙들고 지내던 성실함 또한 동생의 재능은 아닐까 하고 생각한다.

나 빼고 누구에게나 있는 것처럼 보이는 재능이지만, 실은 한 가지 일에 확신을 갖고 재능을 가꾸는 일은 아주 드물고 귀하다. 내가 여태 보아온 대다수의 사람들은 화려한 재능을 뽐내기보다는 묵묵히 자기 자신의 자리를 지켜온 사람들이다. 눈이 오나 비가 오나 10년째 매일 동네 고양이 밥을 챙기는 캣맘 아주머니를 볼 때면, 한여름에도 꼭 셔츠 차림에 타이를 매고 다림질을 하는 동네 세탁소 사징님을 볼 때면 성실함으로 소용히 자기 자리를 빛내는 것 또한 하나의 재능임을 알게 된다.

세탁소 앞을 지날 때마다 하루도 빠짐없이 사장님의

가슴팍에 단정히 매달려 있는 넥타이를 보고 감탄하곤 한다. 정갈하게 갖춰 입은 채 스팀 앞에서 열중하는 모습이 꼭 장인의 모습 같다. 누가 알아주기 때문에 저렇게 갖춰 입은 게 아니다. 그의 옷차림에는 자신의 작업에 임하는 신념이 그대로 반영되어 있다. 이 세탁소를 이용해보지 않아도 분명 그가 최고의 실력을 발휘하고 있는 게 틀림없다는 예상쯤은 쉽게 할 수 있다. 매일 밤 9시까지 흐트러짐 없이 영업을 하고 아침이면 또다시 반듯하게 넥타이를 매고 가게로 출근하는 일. 어떤 때는 태도가 재능을 능가하기도 한다. 이런 게 빛나는 일 아니면 무얼까.

그래서 나는 이렇게 살아도 될지 모를 때마다 스스로를 의심하지 않고 그냥 달렸던 감각을 떠올린다. 별 뾰족한 수가 없어서 달리기를 하던 몸의 힘에 기대는 것이다. 내가 달리기를 잘해서 달렸던 것은 아니라는 사실을 상기하면, 재능도 없는 달리기를 그저 조금씩 꾸준히 했던 것 또한 일종의 재능일 수도 있다는 희망이 생겨나는 것이다.

내가 또다시 끈질기게 달리러 나간다면 그것은 절망하지 않고 부지런히 반복하는 몸의 감각을 익히기 위해서다. 믿을 수 있는 건 두 다리밖에 없어서. 재능과 무관하게 끝까지 달리는 사람이 이기는 것이 달리기라서. 달리기의 영역에서만은 잘하지 못하더라도 내일은 한 걸음 더 디딜 수 있다는 희망이 헛된 것이 아니기 때문에. 달리기의 논리 앞에서는 재능이라는 것이 그다지 중요하지 않다. 그러니 나 자신을 조금 덜 의심하길, 다양한 무언가를 그냥 쭉 해나가길.

내가 또다시 끈질기게 달리러 나간다면 그것은 절망하지 않고
부지런히 반복하는 몸의 감각을 익히기 위해서다.
믿을 수 있는 건 두 다리밖에 없어서.
재능과 무관하게 끝까지 달리는 사람이 이기는 것이 달리기라서.

바르셀로나를 달리다

바르셀로나에 도착했다. 나는 온몸으로 이국의 낯설음을 흡수하며 이물질마냥 동동 떠다니고 있다. 길을 걸을 때도 구글 맵 없이는 한 블록도 가기 힘들고, 식당에 들어가서도 메뉴판 앞에서 머뭇거리는 시간이 길다. 특히나 바르셀로나의 악명 높은 소매치기를 조심하느라 내내 긴장 상태를 유지하고 있다. 휴대폰을 도둑맞을까 봐 손에 꼭 쥐고 길을 찾고 있으면 어깨가 욱신거린다. 게다가 번화가에 위치한 숙소에서는 캐리어 굴러가는 소리가 밤새도록 들린다.

새벽 내내 잠을 설쳤던 탓일까. 그토록 기대했던 가우디 성당에 도착하고도 생각만큼 기쁘지가 않다. 웅장하고도 섬세한 건축물에 감탄하면서도 한편으로는 이국의 낯선 인파 속에 줄을 서 있는 것이, 갑자기 내린 보슬비로 우중충한 거리의 풍경이, 젖은 머리카락이 이곳을 견딜 수 없게 만들었다. 일상을 벗어나기만 하면, 지구 반대편 이국의 땅에 도착하기만 하면 모든 것이 나아질 거라는 기대가 완전히 어긋났다. 가우디 성당 옆 맥도널드에 침울하게 앉아서 여행을 괜히 왔다는 생각까지 하다가 문득 캐리어 한 구석에 있는 러닝화와 운동복을 떠올렸다. 당장 짐을 싸서 집으로 돌아갈 수 없다면 달려서라도 내 기분을 바꿔야겠다. "내일 아침에는 꼭 달려야지."

집을 싸면서 넣을까 말까 끝까지 망설였던 것이 러닝화였다. 여행 도중 짐이 점점 늘어날 것이 분명하니까 최소한의 짐을 신중하게 골라 담았다. 그런데도 막판에 러닝화를 욱여넣었던 것은 늘 달리던 곳이 아닌, 한 번쯤은 다른 풍경에서 달려보고 싶은 마음 때문이었다. 달리기를 하면서 내게 익숙한 코스를 벗어날 일은 별로 없다. 매끈하게 트랙이 깔려 있고 직선 코스가 길게 뻗어 있는 우리 동네 최적의 코스를 두고 굳이 다른 곳을 달리게 되진 않는다. 그래서 늘 궁금했다. 동네를 벗어나 다른 곳을 달리면 과연 어떤 기분일까.

이른 아침 살짝 긴장한 채로 바르셀로나 거리로 나섰다. 숙소 앞 골목을 따라 아주 천천히 나아갔다. 한 발짝씩 조심스럽게 내딛을 때마다 작은 용기가 불쑥 솟아오른다. 일부러 골라 온 심플한 운동복도 꽤 마음에 든다. '작은 용기에 내 몸을 맡겨보자.' 매끈한 트랙이 아닌 유럽 거리 특유의 돌이 울퉁불퉁하게 깔린 바닥도, 지구 반대편에서 들이마시는 6월의 아침 공기도, 나를 스치는 출근복 차림의 사람들도 모두 생경한 감각으로 마음에 콕콕 박힌다.

적당히 숨이 찰 정도의 속도로 달리기 시작했다. 저 멀리 나보다 앞서 누군가 달리고 있는 게 보였다. 누가 봐도 러너로 보이는 민소매에 반바지 차림이 그렇게 반가울 수가 없다. 즉흥적으로 그를 따라 달리기로 결정했다. 이 동네 러너를 따라간다면 왠지 좋은 러닝 코스를 만날 수 있을 것 같다. 그의 뒷모습을 쫓아 신나게 달리다 보니 나도 모르게 경직돼 있던 팔다리의 동작이 훨씬 자연스럽게 풀리는 것만 같다.

바르셀로나가 유명한 관광지라 여러 인종을 쉽게 볼 수 있는 곳이긴 하지만 아침부터 달리는 여자 동양인은 여기에 나 말고는 없다. 심지어 걷고 있는 여자 동양인조차 안 보인다. 사실 은근히 시선이 느껴지는 것 같기도 했다. 그래서 아까부터 나도 모르게 위축되어 주변을 의식했던 것이다. 평소 달릴 때 내 몸에 스며드는 자신감을 떠올리려 애쓰며, 기죽지 말자고 속으로 되뇌었지만 내 팔과 다리는 조금 삐걱거리고 표정은 불안해 보였을지도 모르겠다. 바르셀로나에 도착한 후 줄곧 내가 동양인임을, 낯선 모습을 한 이방인임을 내내 상기할 수밖에 없었다.

그런데 앞서 달리는 현지 러너를 보고 있자니 내가 어디서 왔든 어떤 모습이든 나는 그냥 '러너'라는 것을 깨닫는다. '러너'라는 단어는 내 유일한 자부심이다. 내가 가진 것이 많든 적든 내 처지를 잊게 해준다. 그저 두 다리로 현재를 숨 가쁘게 달리고, 달린 만큼 땀 흘리는 것. 내가 러너일 수 있는 한 더 이상 다른 설명은 필요 없다. 혼자만의 생각에 빠져 있는 동안 앞서 달리던 그는 멀리 골목 속으로 사라져버린 뒤였다.

좀 더 가슴을 쭉 펴본다. 두 다리를 더 힘차게 내딛는다. 저절로 속도가 붙고 은근히 땀이 배어 나온다. 이제야 고딕 지구의 평온한 아침 풍경이 눈에 들어오기 시작한다. 미로처럼 이어진 좁다란 골목을 따라 달리다 보면 모퉁이를 돌 때마다 예상치 못한 풍경을 마주한다. 발코니를 꽃으로 장식한 가정집들이 쭉 늘어섰다가도 갑자기 카페가 튀어 나왔고, 초콜릿 가게를 지나 골목을 꺾으면 갑자기 성당이 나타나기도 했다. 빵을 자전거 바구니에 담아서 아침을 시작하는 사람들, 부모의 손을 잡고 등교하는 아이들도 스쳐 지나간다. 점점 동네 구석구석을 살펴보고 싶은 여유도 생긴다. 마음에 드는 골목을 다시 보기 위해 왔던 길을 되돌아가기도 하고, 중간에 멈춰 숨을 고르기도 한다. 그러고는 상상한다. 나는 지금 바르셀로나에 살고 있고, 늘 하던 대로 조깅으로 아침을 시작하고 있는 것이라고.

어제의 이질감은 서서히 잊히고 있다. 미로 같은 골목을 헤집고 다니면서 마주한 일상의 소박하고 다정한 풍경이 몸의 온도만큼 기분까지 데워준 것이다. 내딛는 걸음은 점점 씩씩해진다. 내가 원하면 어느 방향이든 갈 수 있고, 골목을 잘못 들어섰다면 다시 되돌아가면 된다.

그러니까 여행지를 달리는 일은 그저 새로운 코스를 달려보는 것 이상이다. 그것은 '낯선 곳에서 일상을 끌어들이는 일'이다. 낯선 곳에서도 일상의 패턴을 유지함으로써 안정감을 찾아가는 일이다. 여행지가, 혹은 삶이 유독 내게 불친절한 날에도 내 페이스대로 달리면서 서서히 마음을 데우는 일이다. 기록 같은 건 잊고 설렁설렁 달리며 낯선 곳을 좋아해보려는 가벼운 시도다. 게다가 달리기는 낯선 도시를 구경하는 가장 좋은 방법이 아닐까. 달리기를 끝낸 후 그 어느 때보다 상쾌한 기분으로 작은 식당의 야외 테이블에 앉았다. 가게 안에서 흘러나오는 스페인어 뉴스 소리를 들으며 다음 도시인 파리의 달리기 코스를 찾아보고 있다.

'러너'라는 단어는 내 유일한 자부심이다.
내가 가진 것이 많든 적든 내 처지를 잊게 해준다.
그저 두 다리로 현재를 숨 가쁘게 달리고, 달린 만큼 땀 흘리는 것.
내가 러너일 수 있는 한 더 이상 다른 설명은 필요 없다.

달리기에는 성별이 없다

우리 동네 러너들을 몇 가지로 분류해보자면 첫째로 가장 많은 비율을 차지하는 건장한 20~30대 남자 사람들, 둘째로는 딱 봐도 고수의 느낌이 물씬 풍기는 중년들이 있다. 이 고수들은 대개 두건과 고글 같은 장비를 철저히 착용하고 있으며 남성들이 대부분이나 아주 가끔 여성들도 보인다. 세 번째는 체대 입시 학원 학생들, 네 번째가 나 같은 보통의 여자 사람들이다.

달리는 여자 사람들 대부분은 20~30대 정도의 연령대로 보인다. 이들이 위의 세 부류와 확연히 다른 점이 있다면 그들처럼 빠르게 달리지 않는다는 것이다. 나보다 잘 달리는 남성들이 대부분인 동네 트랙에서, 나와 비슷한 속도로 달리는 사람을 찾는 것은 어렵지 않다. 내가 본 달리는 여자 사람들은 얼추 나와 비슷하거나, 조금 더 느리거나 조금 더 빠른 속도로 달린다. 예상해 보자면 조금 더 느린 쪽은 달리기를 시작한 지 얼마 안 된 사람, 조금 더 빠른 쪽은 달리기를 꽤 오래 해왔거나 달리기에 소질이 있는 사람이다. 어찌됐든 두 사람 모두 나의 과거이거나 미래다. 그래서 '우리 같은' 부류가 보일 때마다 속으로 엄청난 동질감을 느낀다. 저 여성분도 나처럼 따라주지 않는 몸으로 지금 치열한 자기와의 사투를 벌이는 중이구나. 여성 러너와 스칠 때마다 나는 속으로 응원을 보낸다. 우리가 남들처럼 빠르게 달리지는 못하지만, 파워와 스피드는 확연히 달리지만, 강해지기 위해 느리고 꾸준하게 움직이고 있다고.

처음 달리기를 시작했을 때인 2017년도에 비해 우리 동네 트랙에도 여성들이 늘었다. 해마다 그 숫자가 늘어나서 작년부터는 한겨울에도 꾸준히 달리는 여성들도 꽤 있었다. 그래도 여전히 동네에서 달리는 사람의 대부분은 남성이다. 성큼성큼 멀어져 가는 남성 러너들을 볼 때면 신체적 차이가 당연하다 싶다가도 가끔은 열등생이 된 것 같은 기분을 느낄 때가 있다. 그들에게 달리기는 내가 느끼는 것보다는 덜 어렵지 않을까? 개

인차는 있겠지만 그래도 환경 탓에 나보다 더 익숙하지 않을까?

대학생 때 축구를 그렇게나 좋아하던 전 남자 친구들이 생각난다. 매주 주말이면 중요한 약속이 있는 것처럼 축구를 하러 나가던 애도 있었고, 과 대항 축구 경기에 거의 목숨을 걸던 애도 있었다. 전 남자 친구들이 운동장에서 달리며 땀을 흘리는 동안 나는 뭘 했냐 하면, 따라가서 구경을 했다. 재미도 없었고 제대로 보지도 않았지만 벤치에 가만히 앉아 있다 왔다. 학교에 축구부도, 농구부도 있었지만 주변에 가입한 친구들을 보면 여학생들은 응원부장 같은 직함만 달고 있을 뿐 실제로 경기를 치르지는 않았다. 그때 동아리가 거의 술자리를 위한 것이긴 했지만, 실제로 여학생들이 경기를 한다는 생각은 우리 모두 못 했다. 다시금 기억을 더듬어봐도 여학생들이 경기하는 걸 본 적은 없다. 나 또한 학교 운동장이 내 관심사도, 영역도 아니라고 생각했다. 그러나 10년도 더 지난 일인 걸 감안하면 그땐 그게 그다지 이상하지 않았다.

초등학생 시절 그 짧은 쉬는 시간마다, 점심시간 종이 치자마자 무섭게 운동장으로 달려 나가 축구를 하던 남학생들도 생각난다. 여학생들이 끼어들 공간은 없었고 우리는 운동장 구석에서 고무줄놀이를 하거나 철봉에 매달려 놀았다. 심지어 나는 축구공에 몇 번 맞은 적이 있어서 그 후로는 축구공만 보면 운동장 끝으로 피해 다녔다. 그렇게 남학생과 여학생이 운동장을 사용하는 방법은 달랐다. 특별한 학교 행사가 아니고서야 보통의 여학생이 운동장을 가로질러 작정하고 전속력으로 달려볼 일은 잘 없었다. 1년에 한 번 하는 체력장이, 달리기가 그토록 두렵고 싫은 이유였다.

달리며 바람을 가르고 원하는 만큼 앞으로 나아갈 때 나는 자유로움을 느낀다. 땀을 무지막지하게 쭉쭉 흘리며 스트레스를 푼다. 그렇게 신체적 기능을 가진 한 생명체가 된다. 종목은 다르지만 그때 축구공을 차며 운동장을 종횡무진 뛰어다니던 전 남자 친구들도 그런 느낌을 받았을 것이다. 그들이 왜 그렇게 뛰어다니기를, 땀 흘리기를 좋아했는지 알게 된 지금 왜 진작 운동장을 자유롭게 달려보고 싶다는 생각은 한 번도 하지 못했는지 아쉬워진다.

매번 어김없이 내 앞을 성큼성큼 달려 나가는 나머지 세 부류의 러너들을 보며, 나 같은 보통의 여자 사람들이 이 운동장에 많아졌으면 좋겠다고 생각한다. 어린 시절 운동장 구석에서 놀았지만 이제는 이 운동장을 전속력으로 종횡무진 자유롭게 질주했으면 좋겠다. 땀도 뻘뻘 흘렸으면 좋겠다. 달릴 때 자기 자신이 얼마나 힘차게 움직이는지 파워를 느껴봤으면 좋겠다. 느리지만 그게 다가 아니라는 것을, 끝까지 달리는 사람이 이기는 게임이라는 것을 알았으면 좋겠다. 마침 달리기를 끝내고 러닝 앱의 새로운 기록을 확인해보니 이런 문장이 뜬다.

"세계 여성의 날에 달리셨습니다."

나 같은 보통의 여자 사람들이 이 운동장에 많아졌으면 좋겠다고 생각한
다. 어린 시절 운동장 구석에서 놀았지만 이제는 이 운동장을 전속력으로
종횡무진 자유롭게 질주했으면 좋겠다. 땀도 뻘뻘 흘렸으면 좋겠다. 달릴
때 자기 자신이 얼마나 힘차게 움직이는지 파워를 느껴봤으면 좋겠다.

2부

체력으로 하는 사랑

나는 나를 좀 봐주기로 했다

달리기가 익숙해지면 고민 따위 없이 벌떡벌떡 일어나서 달리러 나갈 수 있을 줄 알았다. 그러나 '달리러 나갈까 말까' 하는 고민은 5분을 달리던 초보 시절이나 3년차를 넘긴 지금이나 똑같다. 하기 싫은 마음은 신기할 정도로 한결같아서 매번 그 마음과 싸워서 이겨야만 달리러 나갈 수 있다. 생각보다 길게 이어지고 있는 이 싸움도 이제는 이골이 나서 나름 태연하게 받아들인다. '역시나 또 하기 싫네. 음, 당연하지' 하며 하기 싫다는 마음을 가볍게 무시한 후 습관적으로 주섬주섬 옷을 챙겨 입고 나선다. 그러나 요즘처럼 쌀쌀해지기 시작하면 평소보다 내 마음과 더 격렬하게, 오래 싸우고 나서야 겨우 달리러 나갈 수 있다. 최저 기온과 현재 기온을 계속 확인하고 진짜 나가기 싫다며 몇 번이나 외친 후 마지못해 몸을 일으키곤 한다.

그래도 나아진 건 '결국 몸을 일으킨다는 것'이다. 예전에는 달릴까 말까 고민만 하다 나가지 못한 적도 많았다. 내 마음을 자주 가로막았던 건 꼭 30분을 채우지 않으면 안 된다는 각오였다. 30분을 못 달리면 미완성이고 실패라고 생각했다. 어떻게 보면 굳은 의지 같지만 그건 정말 도움이 안 되는 생각이었다. 나갈 때마다 목표량을 채워야 한다고 생각하니 달릴 수 있는 날이 점점 줄어들었다. '잘' 달릴 준비가 안 됐다고 판단되면 아예 달리기를 미뤄버렸기 때문이다.

정 힘들면 5분만 달리고 끝내면 된다. 30분을 쉬지 않고 달리려면 각오가 좀 필요하지만, 5분 달리기 정도는 큰 준비 없이 나갈 수 있다. '일단 달리러 나가자.' 중간에 포기해도 된다고 생각하니 마음이 한결 가벼워졌다. 그런 가벼운 마음으로 나가도 막상 5분만 달리고 끝내지는 않았다. 일단 한 발짝을 내딛기만 하면 그 다음 단계는 비교적 수월하게 진행돼서 5분 정도는 거뜬하게 달릴 수 있었다. 그렇게 달리다 보면 10분을 달리는 날도, 얼떨결에 30분을 달리는 날도 있었다. 그런 날들이 절대 실패의 날은 아니었다. 아무런 발자국도 찍지 못하고 넘어갈 수도 있었던 날에도 희미한 발자국이나마 찍었다. 그러니 꼭 잘 달리지만은 않는 나를, 설렁설렁 달리는 나를 조금 더 너그럽게 봐주고 싶어졌다.

2020년 11월부터는 3개월간 《달리는 여자, 사람입니다》의 출간 전 사전 연재를 했다. 내가 쓴 글이 매주 수요일마다 구독자들의 메일함으로 간다는 것은 조금 무서운 일이었다. 엉망인 글을 구독자들이 보게 될까 봐 이런저런 걱정이 많았다. 처음 해보는 메일링 서비스가 나에게는 꽤 큰 도전이었다. 그러나 어쩐 일인지 나는 걱정을 안고서도 선뜻 연재를 시작하기로 마음먹었다. 뿐만 아니라 같은 해 12월에는 이상하게 평소라면 잘 하지 않을 일들까지 저질렀다. 온라인 러닝 크루를 모집해 함께 달렸고, 동네 고양이에게 겨울 집을 마련해주기 위해 SNS로 후원을 받았다. 무슨 바람이 불어서 여러 가지 일을 벌인 건지 지금 생각해도 얼떨떨하기만 하다. 어쩌면 일단 5분만 달려보자며 옷을 챙겨 입고 나갔던 움직임이 내 일상 곳곳에서도 발휘되고 있는 게 아닐까.

정말로 모든 것을 '5분 달리기'라고 생각해버리면 '일단 해보지 뭐' 하고 대수롭지 않게 여길 수 있다. 고민 않고 무작정 달리러 나가는 몸의 움직임이 마음에도 스며들었다. 한 발짝만 떼면 많은 것이 해결된다는 사실을 몸이 기억한다. 달리기 전의 두려움을 없애는 유일한 방법은 실제로 한 발짝 내딛고 보는 것뿐이었다. 내 몸에는 긴 시간 수많은 망설임에 저항했던 몸의 움직임이 차곡차곡 쌓여 있다.

과거의 나는 한 발짝 떼는 게 무서워서 습관적으로 제자리를 지키는 걸 택하는 사람이었다. 지금 생각해보면 어이없는 고민이지만, 첫 단행본 출간 제의를 받고도 오랜 시간 망설였다. 겁이 났기 때문이다. 내가 잘할 수 있을지 확신이 없었고, 잘하고 싶은데 못할까 봐 두려웠다. 이미 머릿속으로는 원고를 끝내 완성하지 못하고 모든 걸 망쳐버리는 최악의 상황까지 상상하고 있었다. 내가 미적지근하게 현재를 지키고 있는 동안 각자의 갈 길을 척척 찾아서 앞으로 나아가는 친구들을 보며 그 확신과 행동력이 부럽기도 했다. 아마 나는 절대 그럴 수 없을 거라고 생각했다.

그러나 이제 조금은 알겠다. 컨디션이 좋은 날을 기다리다가 달리지 못하고 지나쳐버린 수많은 날들처럼, 확신할 수 있을 때까지 기다리다가 영영 못하게 돼버리는 일이 대부분이라는 것을. 내가 잘할 수 있다고 확신이 드는 일은 앞으로도 많지 않을 것이다. 내가 그렇듯, 나보다 먼저 나아간 친구들 또한 확신으로 각자의 길을 찾아간 건 아니었을 것이다. 그들도 나처럼 한 발짝 떼기도 두려웠던 날조차 불안과 망설임을 안고서 달려갔던 걸까.

원고 연재를 하면 할수록 달리기와 비슷하고 느낀다. 빈 화면에 글을 시작할 때면 이번 주 원고가 나갈 수 있을지 늘 자신이 없다. 몸의 컨디션에 따라 잘됐다 안됐다 한다. 가끔 컨디션이 좋아서 잘될 때도 있지만, 웬만하면 잘 안 된다. 그래서 포기하고 싶은 마음과 매번 싸운다.

그럴 때는 또다시 달리기의 '한 발짝'을 떠올린다. 여기서 한 발짝도 떼지 못하면 빈 종이로 남지만, 일단 발을 떼면 괜찮은 원고가 될 수 있는 일말의 가능성은 생긴다. 일단 5분만 달리자는 마음으로 노트북 앞에 앉는다. 빈 화면에서 앞으로 조금 나아가본다. 멈추고 싶은 마음을 꾹 참고 달리던 어느 날의 움직임을 생각하면서. 문장을 지워버리고 자꾸만 처음으로 되돌아가고 싶은 마음을 참고 꾸역꾸역 나아간다. 추운 날에 하는 무겁고 느린 달리기 같다.

그렇게 일단 5분으로 시작해서 10분을 달리게 되고,

얼떨결에 30분을 달리게 되는 것처럼 아주 조금씩 서툰 문장을 이어 나가게 된다. 마치 '앉아서 하는 달리기' 같다. 어떤 날에는 5분 달리기로 끝나지만, 또 어떤 날에는 하다 보면 30분 달리기가 된다. 그런 우연을 기대하며 일단 시작한다. 지금 하는 게 뭐가 될지는 나도 모르겠다. 그러나 손으로 달리기 하듯 키보드를 두드리다 보면 정말 달리기처럼 어떻게든, 조금은 해결될 것이다.

한 발짝만 떼면 많은 것이 해결된다는 사실을 몸이 기억한다. 달리기 전의 두려움을 없애는 유일한 방법은 실제로 한 발짝 내딛고 보는 것뿐이었다. 내 몸에는 긴 시간 수많은 망설임에 저항했던 몸의 움직임이 차곡차곡 쌓여 있다.

좋아하는 것을 계속 좋아하기

얼마 전 러너 겸 편집자 에디님으로부터 이런 질문을 받았다. "작가님은 달리기를 장기적으로 쉬어본 적은 없으세요? 저 지금 달리기 쉰 지 3개월 정도 된 것 같아요……." 가만히 생각하다가 내 기억이 틀리지 않았는지 확인하기 위해 달리기 앱을 켜서 기록을 뒤적거렸다. 달리기가 안정 궤도에 오른 시기, 즉 쉬지 않고 30분 달리기가 가능해졌을 때인 러너 2년 차 여름부터는 그해 겨울에 2주씩 두 번 쉬어본 것 빼고는 한 주도 거르지 않고 달렸다. 내가 그랬다는 게 스스로도 좀 놀라워서 이게 어떻게 가능했는지 살펴보다가 금세 그 이유를 알게 됐다. 비결은 '열심히 안 하는 것.' 평소 설렁설렁 달렸기 때문에 장기간 꾸준히 달리기가 가능했던 것이다. 만약 매일 달렸거나, 달리기 한 번에 너무 많은 힘을 쏟았다면 달리기에 대한 내 열정은 이미 메말라버렸을 것이다.

재정 상태가 안 좋은 사람이 한번에 많은 돈을 쓰면 큰 타격을 입는 것처럼, 운용할 수 있는 에너지의 양이 적은 사람은 컨디션이 들쑥날쑥하면 불안해진다. 나는 약간의 돈을 조심스레 꺼내 쓴 후 다시 그만큼의 지폐를 채워 넣는 것처럼 몸을 운용한다. 재정 상태가 일정 수준 이하로 내려가지 않도록 조심하기 위해서다. 그래서 달릴 때도 너무 무리하거나 전력을 다하지 않는다. 보통은 적당히 지칠 때까지 30분 정도만을 달린다.

또 한 가지 꼭 지키는 것은 절대로 연달아 달리지 않는다는 것이다. 오늘 달렸다면 그 다음날은 꼭 쉰다. 쉬는 날은 대게 스트레칭을 하거나 근력 운동을 한다. 달리기로 지친 근육도, 마음도 회복할 시간을 갖기 위해서다. 그러고는 달리고 싶어 몸이 근질근질해질 때까지, 열심히 달리고 싶은 마음으로 꽉 찰 때까지 기다려본다. 이렇게 하면 주 2회 정도의 빈도로 달리게 된다. 시행착오 끝에 내 몸에는 주 2회 달리기가 맞다는 것을 인정하게 됐는데, 이렇게 설렁설렁 달려야만 달리기가 즐겁다. 내가 만약 평소 열심히 달리는 사람이었다면 충분히 할 만큼 했다는 생각이 더 자주 들 것 같다. 너무 노력한 나머지 금방 싫증이 나거나 쉽게 스스로에게 만족해버렸을 것 같다. 한번에 많은 거리를 소화할 수 없는 러너라서, 살짝 부족한 듯한 운동량을 다음에 또 채우기 위해서 계속 다음 달리기를 이어간다.

한창 달리기 실력을 쌓아가던 초보 시절, 실력이 늘어가는 기쁨을 맛보자 하루빨리 성장의 단계를 통과하고 싶었다. 얼른 잘 달리는 사람이 되고 싶은 마음뿐이었다. 그렇게 상승 곡선을 타던 내 달리기는 어느 순간 멈췄는데 무릎에 손상이 가고 말았기 때문이다. 통증이 심상치 않은 날들이 지속됐고, 달리다가 멈추는 일이 잦아졌다. 점점 달리기가 두려워질 때쯤 병원을 찾았다. 재활의학과 선생님은 무릎을 많이 써서 힘줄에 염증이 생긴 것 같다고 했다. 무릎을 최대한 덜 쓰고 아껴야 한단다. 평생 달리기만 믿고 살기로 작정했는데 이제 어떻게 해야 하나. 무릎 주위에 인대 강화 주사를 몇 방이나 맞고는 쩔뚝거리며 병원을 나섰다.

한동안은 주사를 맞으러 다니느라 자주 달리기를 미뤘고, 그러는 사이 러너로서의 첫 겨울을 맞이했다. 약한 무릎과 추위 앞에서 나는 너무도 나약한 존재였다. 몸은 몸대로 따라주질 않고 추위에 마음까지 움츠러들었다. 러닝이고 뭐고 잘 달리고 싶은 의욕은 자연스레 꺾이고 말았다. 2017년 12월부터 2018년 3월까지, 그때가 나의 첫 런태기(러닝 권태기)였다. 앱에 남아 있는 운동 기록을 살펴보니 그 4개월 동안 그래도 한 달에 한두 번씩 드문드문 발도장이 찍혀 있다.(런태기를 극복해 보고자 했던 연약한 의지로 보인다.)

시간이 지나고 날이 풀리자 나는 아주 자연스럽게 다시 나가 달리기 시작했다. 쉬는 동안 무릎도, 달려보고 싶은 마음도 마음도 차차 회복됐다. 그러나 약한 무릎이 다시 손상될까 봐 몸을 사려가며 달릴 수밖에 없었다. 이제는 '다치지 않고 달리는 것'이 가장 중요해졌다. 이대로 더 달릴 수 있을 것 같은 날에도 유난스럽게 관절을 걱정하며 "오늘만 달리고 그만둘 거 아니니까……"하며 스스로를 멈춰 세운다. 자칫 무리해서 달렸다가 부상을 입게 되면 멀리 나아가는 일이 불가능해질지도 모른다. 무리하지 않기 위한 강약 조절도, 달리기 전 마음 관리도 모두 달리기의 긴 여정에 포함된다. 달리는 시간이 쌓일수록 분명해지는 건 멀리 나아가기 위해서는 오히려 쉬는 게 더 중요하다는 사실이다.

나는 아주 천천히 나아간다. 40대, 50대의 내가 계속 달리는 모습을 상상하면 어색하지만, 그렇다고 어느 순간부터 더 이상 달리지 않는 내 모습은 더 상상하기 힘들다. 달리기를 오래오래 좋아하기 위해서 오히려 미지근한 마음을 유지한다. 마음의 에너지는 유한하다. 좋아하는 마음도 고갈된다. 언젠가 성급하게 서로를 알아갔던 연인과는 더 빨리 끝났고, 꼭 무리해서 여러 가지 일을 하고 나면 번아웃이 왔다. 좋아하는 마음을 유지하는 것에도 약간의 요령이 필요하다. 나는 계속해서 달리고 싶어서 좋아하는 마음을 잘게 쪼개어 꺼내 쓴다.

달리기 4년 차인 요즘 또 달라진 점은 전보다 기록에 덜 동요하게 됐다는 것이다. 설렁설렁 달린 탓인지 아니면 생체 기능의 퇴화 속도가 너무 빠른 탓인지 어째 점점 느려지는 페이스를 심란하게 지켜보다가 이제는 반포기 상태가 됐다. 그래도 예전처럼 조급하거나 나 자신과의 싸움에서 진 것 같은 느낌은 들지 않는다. 느리면 느린 대로 내 상태를 받아들이고 있다. 10년 차 러너가 됐을 때 지금보다 더 빨리 달릴 자신은 없기 때문이다. 잘 달리는 것보다 오래 달리는 것이 더 중요해진 지금, 나는 왠지 더 먼 곳으로 나아가기 위해 마음의 채비를 하고 있는 것만 같다.

달리기를 오래오래 좋아하기 위해서 오히려 미지근한 마음을 유지한
다. 좋아하는 마음을 유지하는 것에도 약간의 요령이 필요하다.
나는 계속해서 달리고 싶어서 좋아하는 마음을 잘게 쪼개어 꺼내 쓴다.

한낮을 견디는 최선의 방식

예전에 비해 외로움을 덜 느끼는 이유는 글을 쓰기 때문이다. 글쓰기를 시작한 후로는 누군가에게 마음을 털어놓고 싶은 답답함도, 사람들에게 이해받지 못한다는 소외감도 줄었다. 내 안에 고인 말들은 대부분 글감이된다. 이제 어느 정도는 외로움을 이용할 줄 알게 됐다. 빈 페이지는 묵묵히 내 말을 들어준다. 길게 쓴다고 해서 귀찮아하지도 않는다. 내 이야기는 먼 길을 떠나 얼굴도 모르는 사람들에게 닿을 것이고, 운이 좋으면 나와비슷한 사람들을 만날 것이다. 글을 쓰는 것 자체로도, 글의 여정을 상상하는 것으로도 나는 덜 외로워진다.

반대로 책을 만들고 난 후에 나는 다시 조금 외로워진

다. 당장의 목표에 집중해오다가 마음 쏟을 곳이 사라졌기 때문이다. 작년 첫 단행본을 출간하고는 그 증상이 유독 심했다. 모든 것을 끝냈다는 후련함도 잠시, 막막함이 밀려왔다. 내 계획은 여기까지인데 이제 뭘 해야 하는 걸까. 나를 지탱해주던 일정한 루틴이 사라지자 해가 내리쬐는 한낮의 모래사장 위에 혼자 뚝 떨어진 것처럼 어지러워졌다. 뭘 해야 할지 몰라서 낮을 견디고 또 견디던, 과거의 그 시기로 갑자기 돌아간 듯 했다.

　그 시기를 떠올리면 어두운 밤도, 차가운 새벽도 아닌 한낮 같다. 훤한 대낮이 내 막막한 미래를 더 적나라하게 비추고 있었기 때문이다. 나는 뭘 원하는지 모르는 채로 회사에 원서를 집어넣고, 남들 따는 자격증을 따라서 준비하던 취준생이었다. 2년 넘게 지속되던 시간을 무기력함 반 의무감 반으로 이어갔다. 으네제인장(이하 '으네')과 내가 가까워진 것은 그 시기였다. 친구의 친구로 알게 된 우리는 글쓰기를 좋아한다는 공통점이 있었다. 우리는 서로의 블로그 글을 탐독하고 자주 댓글을 남겼다. 나는 일기와 잡다한 글을 끄적였고 으네는 주로 감상문이나 편지글을 썼던 걸로 기억한다. 블로그 글을 생각하면 지금도 곧잘 부끄러워지는데 20대 중반의 나이답게 '불안하다', '외롭다' 그런 내용을 다양하게도 썼다. 으네는 그런 내 일기에도 늘 진지하고 긴 댓글을 남겨주었다. 으네는 독서실에서 댓글을 남겼고 나는 잠 못 드는 새벽, 방 안에서 댓글을 썼다. 우리의 댓글은 짧은 편지에 더 가까웠다.

나를 독립출판물의 세계로 잡아 이끈 것도 으네였다. 나보다 그 세계에 먼저 입문해 있던 으네는 당시 부산의 몇 안되는 독립출판물 서점 중 하나인 샵메이커즈로 나를 데려가주었다. 덕분에 모양도, 내용도 가지각색인 세계를 알게 됐다. 우리는 할 일이 없어 주로 한낮에 산책을 함께 했다. 광안리나 해운대 바다에 앉아 함께 노래를 나눠 듣거나 편의점에서 소프트 아이스크림을 먹었다. 독립출판물 서점을 제 집 드나들듯 하던 으네는 나를 만날 때마다 가방 가득 신기한 책들을 가져왔다. 공짜로 가져올 수 있다는 무가지 매거진이나 종이접기 모양으로 되어 있는 책, 수기로 써넣은 글이 있는 책을 카페 테이블 위에 쏟아내면서 눈빛을 반짝이곤 했다. 그것이 우리가 한낮을 견디는 최선의 방식이었다. 새로운 세계에 대한 순수한 호기심으로, 언젠가는 우리도 이 세계에 속할 수 있을까 하는 두근거림으로. 그런 식으로 불확실하고 잔인한 가능성의 시간들을 통과하고 있었다.

젊음과 가능성의 시기를 통과하는 입장에서 그것은 결코 아름답지 않았다. 그때 우리는 우리가 뭐가 될 수 있을지 몰라 괴로워했다. 넘쳐흐르는 시간을 감당하지 못했고, 무엇이든 할 수 있을 만큼 젊어서 도대체 무엇을 해야 할지 몰랐다. 혼자서는 견딜 수 없는 시간이었다. 서로의 글을 읽고, 좋아하는 영화와 책을 나눠 보면서 타인의 세계를, 내가 모르는 세계를 열렬히 알아가고 싶었다. 한동안은 우리가 연결되어 있다는 것만으로도 안심이 됐다. 그러나 그 시기가 그리 오래 지속되지는 않았다. 어느 순간부터 우리는 각자의 생활을 꾸리는 데 열중하기 시작했다. 나는 취업, 으네는 결혼이라는 삶의 커다란 전환점을 맞이하고는 자연스레 연락이 뜸해졌다.

리베카 솔닛의《길 잃기 안내서》속 한 구절을 읽으며 그 시절을 떠올린다. "달리는 사람의 발걸음은 한 걸음 한 걸음이 도약이라서 그는 순간적으로나마 땅에서 완전히 떠 있게 된다. 그 짧은 순간, 그림자는 주자의 발에서 물이 흘러나오듯이 흘러나온 것이 아니라 별도의 복사본처럼 떨어져서 땅을 맴돈다. 새의 그림자가 지표면을 기어가면서 그것을 만들어낸 새가 지표면에 더 가까워지거나 더 멀어지면 그에 따라 더 커지거나 더 작아지는 것처럼. 장거리 달리기를 하는 내 친구들의 경우에는 그 짧디 짧은 공중 부양의 순간들을 다 더하면 상당한 시간이 된다. 그들은 오로지 자신의 힘으로 몇 분 동안 공중에 떠 있는 셈이다. 어쩌면 몇십 분일 수도 있고, 수백 킬로미터를 달리는 사람에게는 그보다 더 길 수도 있다. 우리는 난다. 우리는 어둠 속에서 꿈꾼다. 우리는 크기를 잴 수도 없을 만큼 작은 조각으로 조금씩 천국을 삼킨다."

그 시절의 우리는 아주 짧은 공중 부양을 위해 서로의 손을 잡아준 셈이었다. 마침내 스스로의 힘으로 도약할 수 있게 되기 전까지의 무수한 추락의 시간들을 함께 버텨냈다. 으네는 여전히 나보다 앞서 달리는 것만 같다. 독립출판물의 세계에서 내게 손짓했던 것처럼 먼저 결혼을 해서 아이를 낳았고, 〈비좁은 세 시간〉이라는 이름으로 메일링 구독 서비스를 하고 있다. 나는 나의 공중 부양을, 으네의 공중 부양을 본다. 이제 우리는 온전히 각자의 추진력으로 달린다. 더 이상 예전처럼 자주 마음이 허전해지지도, 외로워지지도 않는다.

통과하고 난 후에야 아름다웠다고 느끼는 이상한 시간들이 있다. 우리가 서로의 손을 잡아주었던 것은 너무도 연약한 나머지 서로에게 말 걸 수밖에 없었기 때문이다. 그 시절 우리가 충분히 강했다면 서로의 세계를 알아갈 일도 없었을 것이다. 외로워서 어찌할 바 몰랐던 시기를 지나고 나서야 그 외로움이 나와 세계를 연결해주는 끈이었다는 것을 알게 됐다. 7년 전처럼 헛헛한 마음을 끌어안고 늦은 새벽까지 댓글을 주고받는 일은 더 이상 없지만, 나는 으네가 매주 두 편씩 보내주는 글을 구독하면서 으네를 다시 알아가고 있다.

통과하고 난 후에야 아름다웠다고 느끼는 이상한 시간들이 있다. 우리가 서로의 손을 잡아주었던 것은 너무도 연약한 나머지 서로 에게 말 걸 수밖에 없었기 때문이다. 그 시절 우리가 충분히 강했다 면 서로의 세계를 알아갈 일도 없었을 것이다.

체력으로 하는 사랑

내 체력이 얼마나 안 좋았냐면 사주에도 체력이 안 좋다고 나올 정도였다. 한창 사주를 보러 다닐 때 "저 기술 배우면 어떨까요?" 물었더니 그건 체력 좋은 사람이 할 수 있다며 나보고 체력이 안 좋아서 못할 거라고 했다. 사주 선생님은 덧붙였다. "배터리가 빨리 방전되네." 이제껏 자주 골골댔던 게 다 그렇게 타고난 탓이었다니, 이상한 안도와 함께 그제야 내 몸의 문제를 자연스럽게 받아들이게 됐다.

정말로 체력은 '타고남'의 문제였다. 아침에 눈뜨자마자 별 이유 없이 피곤하기 시작해서 한평생을 피로한 채로 살아왔다. 딱히 어디가 아픈 건 아니었지만 늘 소소하게 상태가 안 좋았다. 직장 생활을 할 때는 점심시간에 밥을 먹는 대신 병원에 가는 게 일이었다. 사계절 내내 감기를 달고 살았기 때문에 주로 감기약을 타러 가거나 몸살 기운으로 자주 링거를 맞았다. 편의점에 갈 때면 습관적으로 비상용 소화제를 몇 병 사다가 서랍에 넣어두곤 했다. 회사 생활이 유독 힘들었던 것은 매일 아침 집 밖을 나서는 것만으로도 체력 소모가 심했기 때문이다.

  몸의 배터리가 한정돼 있으니 늘 체력을 아끼는 쪽으로 생활을 굴려나가야 했다. 주말에 짬을 내어 프랑스어 학원에 다니겠다는 다짐은 잊힌 지 오래였다. 주말에는 아무것도 하지 않고 푹 쉬어야 또다시 출근을 할 수 있었다. 몸을 사렸다가 꼭 필요한 곳에만 에너지를 쓰는 건 몸이 자연스럽게 익힌 생존 전략이었다. 그러나 체력 없는 삶의 문제점은 단순히 몸의 피로에서 끝나지 않는다는 것이었다. 인간관계의 영역에도 영향을 미치고 있었다. 어느 관계에서든 일정량 이상의 에너지가 소모된다면 미련 없이 정리해버렸다. 대화가 사소하게 어긋나거나 가치관이 충돌하면 일방적으로 판단하고 혼자 마음속에서 밀어낸 친구만 여럿이었다. 돌이켜보면 내 안에는 상대방의 입장을 받아들일 공간조차 없었던 것이다.

따지자면 나는 불편을 감수하는 쪽보다는 배려받는 쪽이었다. 잔병치레를 달고 사는 나를 동료와 친구가 배려해주고 있었다는 것을 한참이 지나고 나서야 알게 됐다. 버스에서 자리를 양보해주거나 여행지에서 수고로움을 자처해 이것저것 맡아서 해주는 것, 실시간으로 피로에 물들어가는 내 안색을 살피며 걱정해주는 것 또한 그들의 배려였다. 남을 걱정하고 보살피는 마음은 명백히 자신의 에너지를 쪼개어 나눠 주는 일이었다.

나는 나 자신의 생존에만 전력을 다하느라 주위를 돌아보지 못했다. 체력이 일상을 받쳐주지 않는 날들이 지속될수록 나는 점점 신경질적이 되어갔다. 그 신경질의 대상은 대부분 엄마였다. 퇴근 후 돌아온 나에게 엄마가 건네는 사소한 이야기에도 짜증으로 답하는 스스로의 모습에 속으로 화들짝 놀랄 때도 있었다. 나의 약한 몸이 가까운, 사랑하는 이를 공격하고 있었다.

그러니까 체력의 문제는 몸뿐만 아니라 정신까지 좁아져 가는 것을 의미했다. 달리기를 시작하기 전까지는 몰랐다. 그것이 체력의 문제였다는 것을. 삶에 달리기가 들어온 후로 일상의 많은 일이 대수롭지 않아졌다.

체력이 좋아지니 분리수거를 도맡아서 하는 일이, 먼 거리를 감수하고 친구를 만나러 가는 일이, 배낭을 메고 옆 동네 마트에 가는 일이 별일 아닌 것이 됐다.

전에는 사람들을 만나고 돌아오는 길에 거슬렸던 말들을 속으로 굴리고 굴린 다음 결국 그 사람을 밀어냈다면, 이제는 모래알처럼 씹히는 말을 곧 툭툭 털어낼 줄 알게 됐다. 친구에게 서운한 일이 생겨도 달리기 한 번이면 '좋게, 좋게' 생각하는 게 가능해졌다. 몸에서 사용할 수 있는 에너지가 늘어나자 나는 조금씩 너그러운 사람이 되어갔다. 마음을 고쳐먹어서가 아니라 내 체력과 지구력이 나를 그렇게 만들어줬다.

체력이 나쁠 때는 꿈도 꾸지 못했던 일을 할 수 있게 됐는데 그게 동네 고양이들을 돌보는 일이다. 비 오는 날도, 영하의 기온으로 꽁꽁 얼어붙은 날도 사료와 간식을 챙겨 나간다. 바쁜 날에는 밤 12시가 다 된 시간에도 기어이 몸을 일으키고 만다. 사료와 물그릇을 채우고, 캔을 따서 덜어 준다. 아픈 아이에게는 약이나 영양제를 타서 주기도 한다. 한 손에는 밥이 든 봉지, 다른 한 손에는 쓰레기 봉지를 들고 분주하게 돌아다니다 보면 한 시간을 훌쩍 넘기곤 한다.

봄가을철이 되면 구청에서 실시하는 동네 고양이 중

성화 때문에 바빠진다. 포획하러 나오신 분과 함께 통덫을 설치하고 고양이가 잡히길 기다린다. 겨울이 시작되면 길고양이가 추위를 피할 만한 집을 마련해야 한다. 재활용 스티로폼에 단열재를 붙여서 만들거나 완제품을 구입한다. 오랫동안 동네 고양이 급식 봉사 활동을 하고 계신 주민과 함께 상의해서 집 위치를 선정하고 두꺼운 담요나 바람막이 비닐로 집을 보강해준다. 가끔 누군가에 의해 사료가 버려진 날에는 속상함을 안고 밥을 준다. 또 이런 일이 벌어질지도 모른다는 걱정으로 잠 못 들 때도 많다. 하루도 조용할 날이 없는 동네 고양이 돌보기는 무엇보다 체력으로 하는 일이다. 이제는 체력이 달려도 조급해지거나 인색해지지 않을 수 있다. 내일의 에너지는 또다시 달리기로 채우면 되기 때문이다.

조금 더 튼튼해진 몸 덕분에 그동안 경험해보지 못한 영역의 사랑을 알아가고 있다. 매일 동네 고양이들에게 다정한 '냐옹' 인사를 받기도 하고, 사랑스러운 '발라당 배 뒤집기'도 보는 특권을 누린다. 우리가 만나는 날들이 쌓여갈수록 고양이들이 거리를 좁히고 다가오는 걸 보면 우리의 사랑은 쌍방향이 분명하다. 약한 몸으로는 할 수 없었던 사랑이다. 계속해서 다정함을 나누기 위

해서, 사랑하는 이들에게 상처 주지 않기 위해서 부지
런히 체력을 기를 셈이다.

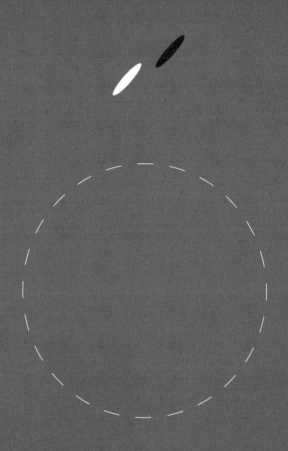

조금 더 튼튼해진 몸 덕분에 그동안 경험해보지 못한 영역의 사랑을 알아가고 있다. 계속해서 다정함을 나누기 위해서, 사랑하는 이들에게 상처 주지 않기 위해서 부지런히 체력을 기를 셈이다.

내향형 인간의 달리기

온라인 러닝 크루에서 사용했던 내 아이디는 '유난히 내성적인 러너'다. 러너로서의 정체성이 내게 큰 부분을 차지하고 있기도 하고, 유난히 내성적이라는 말과 러너가 주는 활동적인 이미지가 상충되는 게 마음에 들어서 그 후로도 SNS 계정 소개글이나 여기저기에 쓰고 있다. 성격 유형 검사MBTI 네 가지 지표 중 외향형인지 내향형인지를 나타내는 지표 검사를 하면 나는 항상 내향형이 나온다. 다른 지표들은 비슷비슷하게 나오는 반면 유독 내향/외향 부분만 70퍼센트 이상으로 압도적인 내향형이다.

어렸을 때 엄마가 학교나 학원 선생님 들에게 주로 했

던 말은 "우리 애가 내성적이라서……" 같은 말이었다.
초등학생 시절을 떠올리면 흐릿한 기억 속에서도 대부
분 그런 순간들만 기억난다. 손들고 발표하는 시간이
제일 싫었던 것. 그리고 가끔 선생님이 발표자를 지목
하는 순간이 오면 그게 나일까 봐 가슴이 막 콩닥거렸
던 순간들. 하필 그런 날엔 어김없이 내가 지목당해서
얼어붙곤 했다. 침묵하는 시간이 길어질수록 반 아이들
의 이목이 집중됐고, 그 짧은 순간 내가 느꼈던 부끄러
움은 수치스러움으로 생생히 번져갔다. 한번은 어쩌다
반장 선거에 나가게 됐는데, 반장 후보로서 포부를 발
표하는 순간이 다가오자 아무 말도 못하겠어서 돌연 기
권하겠다고 한 적도 있다.

　엄마는 이대로는 안 되겠다 싶었는지 나를 당시 이름
도 생소한 구연동화 클래스에 보냈다. 선생님이 동화를
재밌게 들려주면 목소리 톤과 표현을 따라하고 외웠다.
거기서 열심히 외운 동화를 학교 장기자랑 시간에 써먹
을 기회가 있었는데, 당시 초등학교 3학년이었던 스스
로가 생각해도 안 맞는 옷을 입은 기분이었다. 아무튼
나의 내향성은 존중받지 못했고 다른 애들처럼 하지 못
한다는 생각 때문에 내향형 어린이에게는 학교 생활이
버거웠다.

구연동화의 효과는 없었지만 엄마의 걱정과는 달리 자라면서 자연히 많은 문제가 해결됐다. 점차 수줍음도 사라졌고 성장 시기에 따라서는 외향성이 더 도드라졌던 적도 있었다. 그러나 여전히 내 안에 깊게 자리한 내향인의 기질은 어쩔 수가 없다. 사교적인 활동을 할 때보다는 혼자 시간을 보내면서 에너지를 충전하고, 다수의 그룹을 만나기보다는 두세 명으로 이뤄진 소규모 모임을 선호한다. 이제는 내향인으로 사는 것에 딱히 불편함을 느끼지 않는다. 다행히 MBTI 검사가 유행하면서 내향인과 외향인의 구분이 자연스러워졌고, 나와 비슷한 성향의 사람을 한 단어로 정리할 수 있게 됐다. '내향인들의 특징' 같은 인터넷 글을 보면 왠지 나의 내향성이 존중받는 기분이 든다. 특히 글을 쓰고 책을 만드는 일은 혼자 있는 시간이 길어질 수밖에 없기 때문에 내향인에게 딱 적합하다.

그러나 이 일을 하면서도 가끔은 나머지 28퍼센트의 외향성을 끌어내야 할 때가 있는데, 북페어에 나가거나 북토크를 할 때다. 사람들로 북적이는 북페어 행사장에서 주말 내내 책을 홍보하고 판매하고 난 후에 나는 거의 앓아눕다시피 한다. 28퍼센트의 외향성을 최대치로 끌어다 쓴 탓이다. 그래서인지 매번 행사를 끝내고 나면 이상하게 달리기가 간절해진다. 마라토너로도 잘 알려진 작가 무라카미 하루키는《달리기를 말할 때 내가 하고 싶은 이야기》에서 이렇게 말한다. "혼자 있고 싶다는 생각은 변함없이 항상 내 안에 존재하고 있었다. 그런 까닭에 하루에 1시간쯤 달리며 나 자신만의 침묵의 시간을 확보한다는 것은, 나의 정신 위생에 중요한 의미를 지닌 작업이었다. 적어도 달리고 있는 동안은 누구와도 얘기하지 않아도 괜찮고, 누구의 얘기도 듣지 않아도 된다. 그저 주위의 풍경을 바라보고, 자기 자신을 응시하면 되는 것이다. 그것은 그 무엇과도 바꿀 수 없는 귀중한 시간이었다."

 달리기는 말이 필요 없다는 점에서 내게 가장 편안한 행위다. 말하기가 외부 활동이라면, 달리기는 내부 활동인 셈이다. 그래서 달리기와 말하기는 정반대의 활동이다. 말을 많이 하고 난 다음날 달리기가 간절해지는 것은 균형을 지키기 위한 몸의 반작용이다. 나는 달리기를 통해 침묵의 절대량을 채운다. 침묵의 시간이 특히나 많이 필요할 때는 내가 내뱉은 말들이 너무나 후회스러울 때다. 그럴 때는 참회하는 심정으로 질주한다. 입을 다물고 오로지 팔다리를 흔들며 앞으로 나아갈 때면 하루키가 말한 '정신 위생'이라는 말이 어떤 의미인지 짐작이 간다. 달리는 동안 나는 생각의 찌꺼기를, 무기력을, 분노를, 슬픔을 내다 버린다. 사소한 말다툼 같은 일로 심란한 날에는 그 일에 대해 생각하기 위해 달린다. 묵묵히 달리다 보면 어떤 작용에 의해 내가 청소되는 것만 같다. 이 과정이 꼭 자동차가 터널식 세차 기계를 통과하는 일처럼 느껴지고, 나는 얼른 나쁜 생각들이 청소되기만을 바라며 그 시간을 통과한다. 달리기는 내가 하는 일 중에 가장 육체적인 일이기도 하지만 가장 정신적인 일이기도 하다. 나는 마구잡이로 엉킨 마음을 가지런하게 정리하기 위해 달린다. 그래서 내게 달리기는 명상 같은 것이다.

이렇게 쓰고 보니 나는 유난히 내성적이었기 때문에 러너가 된 것 같다. 달리는 동안 말하지 않는 것은 너무나 당연한 일이라 그 예전 내향형 어린이가 그랬던 것처럼 스스로가 평균치에 못 미친다는 기분이 들 일도, 말로 인해 수치심을 느낄 일도 없다. 있는 그대로의 나 자신으로 머물 수 있는 (몇 안 되는) 일이다.

적어도 달리고 있는 동안은 누구와 얘기하지 않아도 괜찮고,
누구의 얘기도 듣지 않아도 된다. 그저 주위의 풍경을 바라보고,
자기 자신을 응시하면 되는 것이다. 그것은 그 무엇과도 바꿀 수 없는
귀중한 시간이었다.

- 무라카미 하루키, 《달리기를 말할 때 내가 하고 싶은 이야기》

너, 내 동료가 돼라

달리기를 꾸준히 하면서 나에 대해 알게 된 것은 '혼자',
'조금씩 천천히' 하는 일에는 꽤 소질이 있다는 것이다.
순발력이 떨어지는 편이라 동시에 여러 일을 처리하거
나 단기간 내에 결과를 내는 일에는 서툴지만 나 자신
만의 속도로 아주 천천히, 오래 붙잡는 일은 적성에 맞
다. 만약 내가 혼자 달리지 않았다면, 러닝 크루와 함께
달리기를 시작했다면 달리기를 금방 그만두었을지도
모르겠다. 크루와 함께 달리면 힘도 나고 좋다는 말을
익히 들어왔지만 내게는 도저히 엄두가 안 나는 일이
다. 누가 옆에 있는데 신경이 쓰여서 어떻게 달린단 말
인가. 나보다 빠르든 느리든 옆 사람 때문에 마음이 조

급해질 거고, 그러다 보면 스텝이 꼬이거나 내 페이스를 잃을 수도 있다. 이런 이유로 나는 줄곧 혼자 달리기를 고집한다.

2020년 가을, 부산의 소규모 서점 샵메이커즈에서 동생인 손민희 작가와 함께 강연할 일이 있었다. 우리가 함께 협업해서 독립출판물을 발행하고 있는 팀 '커먼 멜랑콜리아'의 이야기를 하는 자리였다. 우리는 2015년 첫 독립출판물인 《일상적 멜랑콜리아》를 시작으로 《나는 너를 영원히 오해하기로 했다》, 《떠나지도 머무르지도 못하고》, 《러닝 일지 Pace》를 함께 만들었다. 나는 글을 쓰고 동생은 디자인을 한다. '가족 겸 비즈니스 파트너.' 우리는 서로를 그렇게 부른다. 강연 준비를 하면서 우리의 작업을 차곡차곡 훑다가 별안간 오래된 기억을 발굴해냈는데, 처음 나에게 글을 써보라고 말해준 사람이 바로 손민희였다는 사실이다. 동생은 블로그에 끄적인 내 글을 읽고 진지하게 글을 써보라고 권유했고, 첫 독립출판물을 함께 내보자고 제안해줬다. 당시 방황하던 언니가 안타까워서 한 조언이라는데 그 한마디 덕분에 이렇게 책까지 쓰고 있으니 은인이라고 인정할 만하다.

함께 만든 책들이 차곡차곡 쌓일 때, 출판사와 단행본을 계약하던 순간, 그러니까 내가 아주 조금씩 앞으로 나아가고 있다고 느끼던 때에도 나는 이 사실을 전혀 떠올리지 못했다. 아무리 함께 책을 만들어왔어도 책 만들기와 글쓰기는 다른 영역인 데다가, 글쓰기는 나의 고독한 달리기처럼 물리적으로 혼자 하는 일이기 때문이다. 그래서 내게 용기를 줬던 한마디를 까맣게 잊고 살았는지도 모르겠다. 오래된 기억을 소환하자 갑자기 동료에 대해 생각해보게 됐고, 강연 준비를 위한 원고를 펴 "작업을 하는 데 가장 중요한 것은?"이라는 질문란에 '동료'라고 써넣었다.

책 한 권을 만든 후 다시 다음 책을 만드는 일 사이에는 많은 용기와 결심이 필요하다. 독립출판을 하는 일에는 울타리가 없고, 기획부터 유통까지 들인 수고에 비해 판매량은 저조하다. 자칫 자기만족으로 끝날지도 모른다는 불안을 안고 시작하기에 용기는 계속 효력이 떨어진다. 어느 날엔 왜 이걸 만들고 있나 싶다가도 다음날엔 '별 수 있나' 하며 책상 앞에 앉는다. 변화무쌍한 내 마음과 싸우느라 기운을 빼다 보면 자주 목표를 잊게 된다. 이럴 때 매번 갈 곳을 알려주는 사람이 동료다.

우리 둘 중 한 사람이 의지를 상실하면 꼭 나머지 한 사람이 쓴소리를 해준다. 같이 책을 만들 때에도, 따로 각자의 작업을 할 때에도 마찬가지다. 진지하게 고민을 들어줄 때도 있고 잡생각이 길어지지 않게 따끔하고 시원한 조언도 한다. 마감을 정해서 재촉해주고 서로 작업에 진척이 있는지 무언의 감시를 한다. 쉬고 싶다가도 옆에서 작업한다고 하면 따라하게 되니까 동료의 존재만으로도 자발적으로 마음을 다잡게 된다. 우리는 책 만들기 외에도 북토크나 북페어 행사를 함께 준비하는데, 이럴 때는 다년간의 경험으로 자연스레 역할이 정해진다. 설치와 이미지 작업이 많은 북페어 행사 때는 동생이 주도하고, 강연 준비는 내가 주도한다. 우리는 이걸 조별 과제라고 부른다. 지난번에는 내가 조장 했으니 이번에는 네가 조장. 눈치껏 조장과 조원을 번갈아 하며 서로의 큰 바퀴와 보조 바퀴가 된다.

손민희와 2인조 그룹이 되지 않았다면 내가 계속 책을 만들고 글을 쓸 수 있었을지 잘 모르겠다. 돌아보면 굵직한 일을 잘 벌이는 손민희가 나를 자주 이끌고 가줬고, 새로운 일을 앞에 두고 머뭇거릴 때도 무조건 해야 한다며 힘을 실어줬다. 최근에는 인스타그램 팔로워가 너무 안 늘어 고민하니까 내 피드를 보며 어떤 점이 별로인지도 거침없이 얘기해준다. 그렇다고 딱히 문제가 해결되진 않았지만 어쨌든 이런저런 고민을 나눌 수 있는 동료는 존재만으로도 큰 의지가 된다. 이야기를 나누고 나면 결국엔 "나만 힘든 게 아니라 원래 다 힘든 거구나. 그러니까 그냥 해야겠다" 하는 식으로 결론이 나기 때문이다. 각자 글을 쓰고 그림을 그리는 데 직접적으로 도움을 주는 건 없어도 꼭 필요한 때에 필요한 말을 해주며 서로가 잘되길 속으로 바라고 있다. 일정한 거리를 두고 공전하는 두 행성처럼 우리는 서로가 궤도에서 이탈하지 않도록 약간의 중력으로 상대방을 가끔 당겨준다.

그래서 나는 불쑥 용기가 생겼는지도 모르겠다. 갑자기 온라인 러닝 크루를 결성해보겠다고 결심했던 것도 그즈음이었다. 나 혼자만의 레이스를 계속 반복하는 것도 조금 무료하던 차에 나처럼 혼자 달리는 사람들과 연결되고 싶다는 열망이 생겼다. 각자 달린 기록을 채팅창으로 공유하고 느낌과 달리기 팁을 나누는 방식이라면 나와 잘 맞을지도 모르겠다고 생각했다. 그렇게 '느슨한 연결'이라는 이름으로 온라인 러닝 크루를 모집했고, 열 명 남짓한 사람들이 채팅방에 모였다. 그날부터 다양한 대화가 오갔다.

"오늘 달리기에 많이 추운가요?"
"혹시 ○○동 사세요? 지도 보니까 저랑 코스가 비슷

해요."

"달리다가 본 가을 하늘 사진이에요."

"달리기 끝나고 편의점으로 달려가서 사먹은 것들이
에요."

"오늘은 비가 와서 쉴게요."

우리에겐 그 어떤 강제성도 없었지만 점점 자발적으
로 더 열심히 달리게 됐고, 우리 중 한 명이 달리고 왔다
고 인증을 하면 덩달아 따라 나가게 됐다. 실제로 함께
달리는 건 아니었지만 이상하게도 달릴 때마다 각자의
인증샷 속 지도가 오버랩되면서 먼저 달린 러너의 발자
국을 따라 달리는 것 같았다. 함께 달리기는 확실히 힘
이 나는 일이었다. 우리는 서로의 달리기를 연료 삼아
달렸고, 몸을 일으키는 일이 나만 힘든 게 아니라는 걸
확인하고는 묘한 안도감을 느꼈다. 평소 그날그날의 상
태에 따라 감으로 달리던 내게 온라인 러닝 크루는 눈에
보이는 확실한 성취감을 안겨주었다. 멤버 중 한 분을
따라 런데이 앱의 '30분 달리기 능력 향상' 훈련 프로그
램의 도장을 쾅쾅 찍은 것. (런데이 앱은 달리고 나면 도장
이 찍힌다.) 혼자서는 할 생각도 못 한 훈련이었는데 멤
버들 덕분에 2주간 주 3회씩 꼬박 달릴 수 있었다. 우리

는 실제로 발맞춰 달리지는 않았지만 각자의 속도대로, 함께 나아가는 게 가능하다는 걸 확인했다.

혼자 달리는 게 좋아서 함께 달리는 일에 겁을 냈지만, 함께 달리는 일이 그저 신경 쓰이거나 내 페이스를 잃게 만드는 일이 아니라는 것을 조금씩 알아가고 있다.

각자 글을 쓰고 그림을 그리는 데 직접적으로 도움을 주는 건 없어도 꼭 필요한 때에 필요한 말을 해주며 서로가 잘 되길 속으로 바라고 있다. 일정한 거리를 두고 공전하는 두 행성처럼 우리는 서로가 궤도에서 이탈하지 않도록 약간의 중력으로 상대방을 가끔 당겨준다.

고양이 별까지 달려갈 수 있다면

올 겨울 동네 고양이들 중 두 마리가 사라졌다. 그중 한 마리는 나와 가장 친했던 '노랑이'다. 동네에서 만나는 애들마다 이름을 붙여준 지 꼭 1년만이다. 나는 늘 이 끔찍한 순간이 올 것을 준비하고 있었는데, 너무 두려운 나머지 이 감정에 익숙해지기 위해 매번 끝을 상상하는 게 나름의 준비였다. 노랑이는 사라지기 몇 시간 전까지도 평소와 다를 바 없었다. 화단 구석에서 늘어진 몸을 힘겹게 이끌고 나와 내게 인사했고, 병원에서 지어온 약과 음식을 거부했다. 요 며칠 상태가 급격히 나빠진 탓에 이대로 두고 볼 수만은 없어 노랑이를 최대한 쓰다듬으며 말했다. "내가 조금 이따 저녁에 데

리러 올게. 일단 우리 집으로 가자. 어디 가지 말고 기다
려." 그게 우리의 마지막이었다.

노랑이와 함께 살진 않았지만 가족이나 다름없었다.
꾀죄죄한 모습으로 굶주린 채 아파트에 처음 나타났을
때부터 꼬박 10개월간 매일 밥에, 약은 물론이고 해외
직구한 영양제까지 먹였다. 노랑이는 구내염이 심해 먹
을 때마다 고통스러워했다. 밥을 한번 삼킬 때마다 펄
쩍 뛰며 아파했다. 길고양이에게 구내염이란 단순히 입
안이 아픈 병이 아니라 악화되면 아무것도 먹지 못하게
되어 죽는 병이라고 했다. 노랑이가 뭐라도 먹을까 싶
어서 캔을 종류별로 늘어놓을 때면 딱 애타는 부모가
된 심정이었다. 게다가 중성화 수술을 시키러, 발치하
러 병원에도 몇 번이나 데리고 갔다.

그래서인지 노랑이는 유독 나에게 치댔다. 그 녀석이
내게 애착이 얼마나 강했냐면, 우리 집으로 가는 엘리
베이터 앞까지 따라오거나 내가 다른 고양이들과 함께
있는 꼴을 못 볼 정도였다. 그래서 다른 고양이들이 노
랑이를 피하거나 싫어했지만, 어쨌든 아무리 비가 쏟아
져도 아무리 늦은 밤에도 고개를 빼꼼 내밀어 나를 확
인하고 달려오는 건 노랑이뿐이었다. 그러나 다른 고양
이들처럼 맛있는 걸 먹으려고 나오는 건 아니었다. 먹

을 때보다 못 먹을 때가 더 많았기 때문에 노랑이는 단지 내게 인사하려고 나오는 거였다.

여러 정황상 노랑이는 지난해 적발된 근처 불법 고양이 사육장에서 유기된 고양이인 듯했다. 그런 곳에서의 삶은 뻔하다. 한평생을 더럽고 좁은 곳에 갇혀서 번식에만 이용되는 것. 그러다 병에 걸리고, 제때 치료 한 번 받지 못해 병은 점차 악화됐을 것이다. 늙고 병들어 쓰임이 다했다고 판단된 고양이는 가차 없이 버려졌을 것이다. 노랑이는 뒤늦게 자유를 찾았지만 삶이 너무나 고단한 상태였다. (동물 병원에서는 노랑이가 나이도 많고 이미 지병도 있을 거라고 했다.) 그렇기에 노랑이의 남다른 애착이 내게는 "나 좀 데려가 줘"하고 말하는 걸로 들렸다.

한동안 낮이고 밤이고 동네 구석구석을 헤매고 다녔다. 고양이들은 몸이 약해지거나 마지막 순간이 오면 아주 깊숙한 곳에 몸을 숨긴다고 했다. 아무도 들여다보지 않는 낡은 건물 사이 좁은 틈, 공터 쓰레기 더미 사이, 엎드려야 겨우 보이는 빛 한줄기 들지 않는 배수로……. 평소라면 절대 갈 일 없는 곳을 작은 고양이의 시점으로 열심히 들여다보았다. 거리를 헤매면 헤맬수록 노랑이가 이런 차가운 곳에서 홀로 고양이 별로 떠났다는 예감은 커져갔다. 몸이라도 찾아서 고이 묻어줄 수만 있다면 더 바랄 게 없었다. 그런 게 희망이 될 수 있는지 전에는 미처 몰랐다. 노랑이를 찾아다니는 동안 나도 모르게 평소보다 걸음을 넓히고 또 넓혔다. 골목을 넘을 때마다 어김없이 처음 보는 고양이들이 나타났다. 주머니에서 사료를 꺼낸 후 한 발짝 떨어지면 고양이들은 안심한 듯 급히 밥을 먹었다. 노랑이를 가슴속에 파묻는 동안 유일하게 위안이 되는 순간이었다.

　내가 놓쳐버린 것이나 다름없는 노랑이를 생각한다. 발라당 뒤집어서 애교 부리던 앙상한 몸, 엉켜서 푸석거리던 털의 감촉, 힘겹게 뜨던 눈을 떠올린다. 다른 고양이들의 구역까지 넘나들며 눈치 없이 나를 따라다니던 발랄하고 순수한 움직임을 그려본다. 언제나 우리 집 근처 화단에서 숨죽이며 내 발소리에 귀 기울였을 기다림을 헤아려본다. 이렇게 애써 기억해내지 않으면 점점 흐릿해져 간다. 노랑이를 잃고 매일을 울었는데 이제는 울지도 않는다. 노랑이가 어디서 어떻게 됐는지도 모르는데 나는 멀쩡히 잘 살아가고 있다. 노랑이를 잃어버린 날로부터 멀어질수록 괴로움도 무뎌지는 게 다행스럽지 않고 무섭다. 뭔가 중요한 걸 빠뜨린 채로 앞을 향해 달려가는 것 같아 자꾸만 흠칫하게 된다.

달릴 때면 1분 1초가 너무나 생생해서 삶을 그대로 통과하는 기분이다. 다시 돌아갈 수도, 앞당겨 살 수도 없는 시간을 성실히 꼬박 살아내는 것만 같다. 이때 수많은 풍경이 파노라마처럼 스친다. 어른거리는 밤의 불빛과 흔들리는 식물의 그림자와 낯선 사람들을 지나쳐서 앞으로 나아간다. 동시에 내가 딛고 있던 자리는 차례차례 내 뒤로 늘어선다. 내가 마주한 풍경을 뒤로 하지 않는다면 달린다고 말할 수 없다. 앞으로 나아가기 위해 어떤 것도 붙잡아 둘 수 없는 것은 달리기에서 너무나 당연한 사실이다. 살아간다는 감각도 이와 비슷하게 느껴진다. 과거를 뒤로 하고 시간 속을 달리는 일이다. 그렇다면 영원히 붙들지 못하는 소중한 시간들은 어떤 식으로 두고 가야 하는 걸까. 아직은 달릴 때처럼 산뜻하게 모든 것들을 제치고 나아갈 수가 없다. 나는 여전히 그 과정 안에 있다.

언젠가 SNS 추천으로 뜨는 영상에서 물리학자 김상욱 교수님이 죽음에 관해 이야기를 하는 것을 본 적이 있다. 우주를 관찰해보면 살아 있는 것은 거의 없기 때문에 "죽음은 우주의 가장 보편적인 상태인 죽어 있는 상태로 가는, 더 자연스러운 상태로 가는 것"*이라고 말씀하시는 부분을 듣고는 충격과 감명을 받은 기억이 난다. 이번에 노랑이를 떠나보내면서 오랜만에 그 말을 떠올렸다. 내게 일어나는 수많은 이상한 일들을 물리학의 관점에서, 조금 멀리 떨어져서 보고 싶어 《떨림과 울림》이라는 책을 읽게 됐다. 김상욱 물리학자가 이야기하는 죽음은 이랬다.

"죽으면 육체는 먼지가 되어 사라진다. 어린 시절 죽음이 가장 두려운 상상이었던 이유다. 하지만 원자론의 입장에서 죽음은 단지 원자들이 흩어지는 일이다. 원자는 불멸하니까 인간의 탄생과 죽음은 단지 원자들이 모였다가 흩어지는 것과 다르지 않다."

문득 노랑이가 사라진 그날이 후회로 사무칠 때마다, 노랑이가 그리워질 때마다 나 또한 아주 작은 원자들의 모임에 지나지 않는다는 사실을 떠올린다. 언젠가는 나도 죽어서 사라질 것이고, 우리 둘 다 똑같이 원자 단위로 흩어져 또다시 먼 여행을 할 것이다. 그런 상상을 하면 조금 덤덤해진다. 노랑이가 덜 가여워진다.

———

* 〈요조의 책, 이게 뭐라고〉 "죽음 이후의 세계가 있다고요?" 편.

살아간다는 감각도 이와 비슷하게 느껴진다. 과거를 뒤로 하고 시간 속을 달리는 일이다. 그렇다면 영원히 붙들지 못하는 소중한 시간들은 어떤 식으로 두고 가야 하는 걸까.

용기는 셀프 충전하겠습니다

동네 고양이를 돌보는 케어테이커caretaker 활동을 시작한 뒤로 이상하게 성격이 점점 소심해져간다. 처음 활동을 하기 시작할 때인 1년 전쯤만 해도 이렇지 않았다. 부당한 상황에서도 할 말은 하는 성격대로 고양이 밥그릇을 지키기 위해 고민 없이 맞서 싸우곤 했는데 어째 그 모습은 종적을 감추었다. 나는 자꾸만 죄를 지은 것마냥 조마조마해진다. 내 손에 든 사료 봉지를 보고 누가 시비나 걸지 않을지, 고양이와 함께 있는 모습을 보고 해코지나 하지 않을지 눈치가 보여서 웬만하면 어두울 때 나가서 발걸음을 재촉하며 돌아다닌다. 구석진 급식소에 사료를 채워 넣을 때마다 몸을 깊이 숙인다.

자동차 밑에 고양이가 있는지 살펴보기 위해 몸을 바짝 낮춘다. 고양이들을 만날 때마다 내 몸은 자꾸만 낮아지고 사람들의 눈을 피하게 되니 하루에 한 번은 꼭 고양이가 되는 것 같다. 매번 무사히 일을 치르고 집으로 돌아가면서 "오늘도 아무 일 없었구나" 하며 가슴을 쓸어내린다. 이렇게 가슴 졸이며 살다 보면 수명이 조금씩 줄어들 것만 같다.

지난 1년 동안은 고양이 때문에 싸울 일도, 분을 삭혀야 할 일도 많았다. 술에 취한 채 길고양이 밥그릇을 지속적으로 훼손하고, 심지어 고양이에게 돌까지 던지는 인간과 계속 갈등을 겪었기 때문이다. 동네 고양이 급식 봉사 활동을 하시는 다른 분들과 다 같이 대화를 시도해보기도 하고, 아파트 관리소장이 나서서 중재도 해봤지만 말이 통하는 인간이 아니었다. 피해를 주는 것도 아닌데 그저 싫다는 이유로 부당한 일을 당하는 게 너무 억울해서 다른 봉사자분들의 사례나 동물보호 단체의 글을 찾아보며 관련법이나 대처법을 익히기 시작했다. "길고양이는 도심 생태계의 일원이며, 학대 시 동물보호법에 의해 처벌될 수 있다", "구청의 협조하에 중성화 수술 시행 후 관리되고 있는 고양이들이다" 등 누군가 이유 없이 시비를 걸면 최대한 똑 부러지게 말하리라 다짐하며 외우고 또 외웠다.

그러나 내 권리를 위해 싸우는 일이 아닌 나보다 약한
동물을 위해 싸우는 일은 단순하지 않았다. 혹여나 싸
웠다가 말 못하는 고양이들에게 피해가 갈까 봐 필요에
따라서는 양해를 구하고 부탁을 해야 하는 일이었다.
긴 싸움에 지쳐가면서 내 전투력은 점점 사그라들어 오
히려 숨어 다니기를 선택했다. 그날도 어김없이 재빠
르게 몸을 낮춘 채로 인기척에 신경을 바짝 곤두세우며
그릇에 사료를 채워 넣고 있었다. "저기요! 그것 좀 치
우세요!" 갑자기 뒤에서 들리는 소리에 흠칫했다. 대
놓고 이러는 사람은 없었는데……. 나쁜 짓을 하다 들
킨 것처럼 당황스러워 말도 안 나오는 내게 그 사람은
사료를 버리겠다며 다가왔다. 역시나 그저 보기 싫다는
이유에서였다. 설명을 들어줄 것 같지도, 한밤중에 싸
우고 싶지도 않아서 그냥 피해버렸다. 내가 멀리 갔다
고 생각했는지 뒤에서는 이런 소리가 들렸다. "먹고살
기도 바빠 죽겠는데 고양이 밥 준다고 XX이야!"

도대체 이런 인간은 어떻게 생각해야 하는 걸까. '피
한 게 잘한 걸까? 예전 같았으면 거침없이 나섰을 텐
데 나 왜 이렇게 약해졌지?', '근데 내가 왜 이런 수모까
지 겪어야 하나…….' 별별 생각이 다 들었다. 조직 안에

서 또는 일하면서 겪는 갈등은 그나마 사회 구성원으로
서의 체면이라도 지키며 싸우지, 길에서 만나는 불특정
다수와의 싸움은 난데없이 벼락 맞는 일과도 비슷하다.
그렇게 너덜너덜해진 마음을 안고, 고양이 밥을 지키지
못했다는 자책감으로 며칠을 끙끙 앓았다.

   스트레스가 많을수록 달리는 거리는 늘어난다. 달리
기로 마음을 관리하다 보니 본능적으로 그렇게 됐는데,
곰곰이 생각해보면 달리기를 끝내고 돌아오는 길에는
매번 자신감이 200퍼센트 충전되기 때문이다. 사실 자
신감 충전 과정은 이미 달리기 전부터 시작된다. 러닝
복으로 갈아입고 나면, 과장해서 아이언맨 수트를 입은
것처럼 든든하다. 그것은 언제고 달릴 준비가 되어 있
다는 의미다. 내게 그럴 만한 에너지가 있다는 자신감
이고, 오랜 경험으로 인해 목표를 달성할 수 있다는 스
스로에 대한 믿음이다. 그래서 내가 아는 내 모습 중 가
장 괜찮은 건 달리는 모습이다. 나는 러너로서 존재할
때 스스로에 대한 긍지를 느낀다.

   내 수많은 자아 중 캣맘 자아와 달리는 자아의 차이
는 엄청나다. 히어로 무비에 자주 나오는, 평소에는 나
약한 주인공이 옷만 갈아 입으면 갑자기 초능력을 얻고
완전히 다른 사람이 되는 설정이랑 비슷하다. 초능력자

로 변신해서 평소 악행을 저질렀던 사람을 응징하는 주인공처럼, 나도 그날 달리고 난 후에 한껏 자신감이 충전된 채로 그런 일을 당했다면 좀 더 용감히 나설 수 있지 않았을까? "급식소를 깨끗하게 잘 관리하고 있으며, 사료를 훼손하면 법적 책임을 물을 수 있다." 이렇게 또박또박 말할 수도 있었을 것 같은데……. 아니면 고양이 밥줄 때만 입는 전용 허드레옷만 입지 않았어도 그런 인간을 피해버렸을 것 같진 않다. 이런 생각을 하는 나는 마음 상태와 차림새에 따라 시시각각 바뀌는, 어지간히도 연약한 인간이다. 도무지 이해할 수 없는 상황을 납득해보려고, 너무도 쉽게 부서지는 나 자신을 부여잡아 보려고 또다시 달리러 나간다. 스스로가 너무나 약하고 보잘것없이 느껴질 때마다 그것을 반증하기 위해 내 안의 러너 자아가 나서준다.

2021년의 설날에는 아침 해를 보는 대신 7킬로미터를 달리기로 마음먹었다. 여태 무릎에 무리가 될까 봐 겁나서 시도도 못 해봤던 거리였는데 새해를 핑계 삼는다면 조금 멀리 갈 수 있을 것 같다. 의식을 치르는 경건한 마음으로 아주 천천히 달리기 시작했다. 갈 길이 멀다고 생각을 하니 오히려 마음은 여유롭다. 속도가 떨어져도, 누군가 나를 앞질러도 상관하지 않는다. 나는 나만의 길을 간다. 어느새 평소의 반환점을 그대로 지나쳐 쭉 달린다. 낯선 길을 내딛을 때마다 긴장과 설렘이 함께 생긴다. 겨우 옆 동네에 도달했을 뿐인데도 보이지 않는 금을 살짝 넘어 전혀 다른 세계에 도달한 것만 같다.

7킬로미터를 통과한 몸을 또 한 번 믿고 살아보려 한다. 연약한 자아가 튀어 나올 때면 또다시 달리기라는 부적을 써 내려갈 테다. 가장 마음에 드는 옷을 골라 입는 것처럼 내가 내게 부여한 러너라는 정체성을 방패 삼아 나아가야겠다. 용기와 기운은 셀프로 충전하면서.

7킬로미터를 통과한 몸을 또 한 번 믿고 살아보려 한다. 연약한 자아가 튀어 나올 때면 또다시 달리기라는 부적을 써 내려갈 테다. 가장 마음에 드는 옷을 골라 입는 것처럼 내가 내게 부여한 러너라는 정체성을 방패 삼아 나아가야겠다. 용기와 기운은 셀프로 충전하면서.

에필로그

이 책을 쓰는 동안에도 어김없이 달리기는 내 일상의
버팀목이 되어주었다. 뜻대로 글이 써지지 않는 날에
도, 머릿속에 안개가 낀 것처럼 무거운 날에도, 지금 내
가 하는 것이 결국 무엇이 될 수 있을지 몰라 막막할 때
에도 나는 늘 최후의 수단으로 운동장으로 뛰쳐나가곤
했다. 운동복을 주섬주섬 챙겨 입으며 매번 똑같은 생
각을 했다. '달리고 오면 어떻게든 되겠지.'

 달리기는 참 신기하다. 그저 달렸을 뿐인데 삶이 조금
쉬워진다. 잔뜩 쭈그러들었던 마음을 씩씩하게 쫙 펴게
되고, 뭐든 해볼 수 있을 것만 같은 기분이 든다. 사랑하
는 이들에게는 조금 더 관대할 수 있고, 약한 동네 고양

이들을 지켜주고 싶을 만큼 강해진다. 나는 원래 그런 사람이 아닌데 달리기가 자꾸만 나를 그렇게 만든다. 그래서 달리기에 대해 쓰면 쓸수록, 자꾸만 전에는 감추고 싶었던 내 모습에 대해 얘기할 수밖에 없어진다. 달리기 없이는 내가 얼마나 나약한 사람이었는지, 얼마나 좁은 사람이었는지를 자꾸만 고백하게 된다. 그러나 달리기를 빌려서 하는 고백이라면 덜 부끄럽다.

달리기 책을 만드는 내내 나는 자주 마음이 벅차올랐다. 좋아하는 것에 대해 쓰는 것만으로도 그랬지만, 어쩐지 여성 러너라는 공통점이 있는 작가와 편집자가 만나 달리기 책을 만드는 일에는 실제로 함께 달리는 듯한 느낌이 있었기 때문이다. 누군가와 함께 달려본 사람이라면 알지 않나. 혼자 달릴 때의 고독한 싸움을, 그리고 함께 달릴 때의 든든함을. 언젠가 동네 운동장에서 우연히 만난 친구의 손을 낚아채 즉흥적으로 냅다 달렸던 적이 있는데 그때의 느낌을 생생히 기억한다. 점점 뒤처지는 친구와 내가 손을 꼭 붙들었던, 어쩐지 간절해지는 그 느낌을. 그것은 둘 중 조금이라도 덜 힘든 사람이 더 힘든 사람에게 힘을 보태주는 일, 서로를 믿어가며 조금씩 용기 내는 일이었다.

원고를 주고받으며 긴 달리기를 하는 동안 나는 혼자

서는 단 한 번도 가본 적 없는 거리를 둘이서 함께 의지하며 나아가는 것 같았다. 그리고 달리기에 대한 이야기를 나눌수록 실은 우리가 연약한 존재이고, 그래서 달릴 수밖에 없었다는 것을 함께 확인했다. 달릴수록 조금씩 튼튼해지는 우리를 확인하면서 조금만 더 가보자고 서로에게 말하는 것 같았다. 나는 옆 사람만 믿고 용감해져갔다. 그러니까 이 책 또한 나보다 더 멀리 가서 독자들의 손을 살며시 붙잡아줄 수 있었으면 좋겠다.

달리지 않을 때 실은 내가 얼마나 쉽게 용기를 잃는지도 이 책을 쓰면서 알게 되었다. 그러니 나는 앞으로도 계속 달리러 나갈 수밖에 없겠다.